Das Model und ich

ILONA EINWOHLT

Das Model und ich

ILONA EINWOHLT

Arena

FÜR J.

Handlung, Personen und Orte der folgenden Geschichte sind frei erfunden. Ähnlichkeiten mit lebenden Personen sind nicht beabsichtigt und rein zufällig. Die Durchführung der im Buch beschriebenen Rezepte erfolgt auf eigene Verantwortung.

Mit besonderem Dank an Christina Arras für all ihre Impulse.

1. Auflage 2011
© 2011 Arena Verlag GmbH, Würzburg
Alle Rechte vorbehalten
Innengestaltung und -illustration: designhoelle
Einbandgestaltung: knaus. büro für konzeptionelle
und visuelle identitäten, Würzburg
Einbandillustration: Constanze Guhr
Gesamtherstellung: Westermann Druck Zwickau GmbH
ISBN 978-3-401-06612-7

www.arena-verlag.de
Mitreden unter forum.arena-verlag.de

Inhalt

Doppelt schön

Ich liege lässig auf der Schwimmbadwiese und beobachte unauffällig durch meine Sonnenbrille hindurch die sonnengebräunten Menschen um mich herum. Es ist einer dieser letzten heißen Augusttage und es scheint, als ob von Baby bis Best Ager noch einmal alle die Resthitze des Sommers in sich aufsaugen wollen.

> Oder sie wollen nur mit ihrer
> Ferien-Mittelmeerbräune angeben!

Seitdem wir zwei Models bei uns neu in der Klasse haben, sind meine Freundinnen wie all die anderen auch vom Model-Virus befallen. Folglich kennen sie nur ein Thema: Wer ist die Schönste im ganzen Land? Gnadenlos checken sie jeden Body, lästern über jeden, der an uns vorüberläuft, egal ob rosa Minizicke, Badehosenmacho, fette Pommes-Tussi oder alter Opi, sie haben für jeden einen Spruch. So auch jetzt, als eine attraktive Blonde Richtung Dusche marschiert.

»Wenn ich mal so alt bin, will ich auch so aussehen«, seufzt Julia neben mir und deutet auf die kleine blonde Frau, die im schwarzen Badeanzug an uns vorbeigeht.

»Wie, du willst deine Haare färben?«, lästert Jolina und zupft Julia an ihren braunen Fransen. »Oder hättest du gerne dieses gebärfreudige Becken mit dem Bauchansatz samt Dellen im Bein …?« Sie grinst mit ihren wasserfest geschminkten Lippen von einem Ohr zum anderen, während Julia ihr zur Antwort in den Oberschenkel kneift.

Was ist schön?! Schönheitsideale verändern sich und unterliegen kulturellen wie gesellschaftlichen Schwankungen, das zeigt ein Blick in die Geschichte: In der Altsteinzeit waren dralle Frauen beliebt, wie die Venus von Willendorf beweist. Die Ägypter bevorzugten eine schlanke Taille, die Römer dagegen waren wieder wohlbeleibt, das Ideal im Mittelalter war gertenschlank, während in der Renaissance die Üppigkeit geliebt wurde … bis zur heutigen Zeit wechselten sich dünne und dicke Körperideale ab: Zu Hungerszeiten waren korpulente Körper Ausdruck von Reichtum, in Wohlstandszeiten ist es andersherum.

Derzeit ist das Idealmodell von Frauen geprägt durch volle Brüste (signalisiert Weiblichkeit) und schmale Hüften (signalisiert Mädchenhaftigkeit) – ein Ideal, das der Natur der Frau widerspricht und dem Barbie-Kult zu verdanken ist. Denn tatsächlich ist es so: Wenn eine Frau Fett anlagert, um üppigere Brüste zu bekommen, dann verteilt sich dieses nicht nur dort, sondern auch an Po, Hüfte und Oberschenkeln. Und Barbies überproportional schlanke Taille (99 – 48 – 84) würde sie in Lebensgröße bei ihrem üppigen Busen glatt in der Mitte abbrechen lassen, es sei denn, sie hätte Schuhgröße 50, um die Statik auszugleichen…

»Du bist fies«, fällt ihr Kleo ins Wort, »die sieht doch völlig normal aus. Und der Frauenkörper ist nun mal zum Kinderkriegen gemacht.«

Ich gucke meine ehemals beste Freundin überrascht an. Ausgerechnet diese Worte von Kleo? Sie ist selbst seit einiger Zeit nur noch ein Strich in der Landschaft, was sie aber gerne durch das Tragen weiter Schlabberkleidung verdeckt. Auch heute, wo sie ausnahmsweise mit ins Schwimmbad gekommen ist, trägt sie eine schwarze Tunika, unter der ihre spitzen Knie herauslugen. Ich an ihrer Stelle würde mich totschwitzen.

»Stimmt doch«, macht sie jetzt weiter und guckt Julia provozierend an. »Da kannst du so viel hungern, wie du willst, die Natur hat das nun mal so eingerichtet, dass die Haut sich dehnen kann und ein Baby genügend Platz in deinem Bauch hat.«

»Ja, aber es liegt an dir, diesen ›Platz‹ wieder zurückzufordern«, mischt sich jetzt Milli ein und deutet auf eine deutlich in die Breite gegangene Frau, die sich jetzt mit ihren beiden Kindern und jeweils einer Tüte Nasches in der Hand zwei Handtücher neben uns hinpflanzt. »Von nichts kommt nichts.« Wie nebenbei streicht sie sich über ihren flachen Bauch, an dem nicht ein Gramm Fett ist. Kein Wunder, Milli ist die Sportskanone schlechthin, ob Tennis, Joggen, Reiten oder Basketball, sie ist immer in Action. Dabei frisst sie wie ein Scheunendrescher, würde Mama sagen.

»Du hast gut reden bei deiner Figur. Kann ja nicht jeder aussehen wie ein Model«, schnaubt Julia und streckt ihr genervt die Zunge raus. »Das ist auch Veranlagung! Ich brauche Schokolade nur anzugucken und schon werde ich fett davon!«

»Ach, komm schon, ist doch egal!« Jolina knufft sie freundschaftlich in die Seite. »Gehen wir 'ne Runde schwimmen. Und danach holen wir uns alle einen Matschburger.« Sie springt auf

Die Fettmenge im Körper hängt von Größe und An-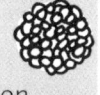
zahl seiner Fettzellen ab. Diese werden bereits wäh-
rend der Kindheit festgelegt und sind abhängig von
Veranlagung und Ernährung. Zeitlebens ist dann der
Stoffwechsel darauf eingestellt, die einmal festgelegte
Zahl (ca. 30.000 – 40.000) an Fettzellen zu behalten.
Sie verändert sich selbst bei einer Gewichtszunahme oder
-abnahme nicht, Fettzellen blähen sich nur auf oder
schrumpfen zusammen und dies wiederum lässt
sich durch bewusste Ernährung ausgleichen. Man
kann also sagen: Aus dicken Kindern werden später
auch dicke Erwachsene.

und zupft sich ihren Badeanzug zurecht. Es ist ein extrem ausgeschnittenes Teil im Leopardenlook und natürlich zieht unser
Screamgirl damit alle Blicke auf sich. Doch Jolina ist selbstbewusst genug, um das auszuhalten. Es scheint ihr auch nichts
auszumachen, dass ihr Ausschnitt überquillt.

»Gute Idee!« Milli steht ebenfalls auf, reicht Julia die Hand und
zieht sie hoch. »Tausend Meter?!«

»Du bist doof!«, antwortet Julia, immer noch beleidigt, und
streicht ihren Tankini glatt. Aber dann geht sie brav mit und
schwimmt mit Milli um die Wette.

»Was ist mit dir, Sina?« Kleo guckt mich fragend an. Sie selbst
geht natürlich nicht ins Wasser, sondern holt sich ein Buch aus
ihrer Tasche, irgendeinen Fantasy-Schmöker.

»Zu faul«, antworte ich wahrheitsgemäß und gähne. »Außerdem
warte ich noch auf Yannis, der müsste jeden Moment kommen.«
Yannis ist mein Freund und bester Kumpel seit Kindheitstagen,
wir sind zusammen in unserer Reihenhaussiedlung aufgewach-
sen und gelten als unzertrennlich. Seit über achtzehn Mona-

ten sind wir jetzt ein Paar … bald ist es zwei Jahre her, dass er mir auf meiner Geburtstagsparty diesen fetten Knutschfleck verpasst hat.

»Auf Yannis?« Kleo guckt mich erstaunt an. »Hoffentlich wartest du da nicht vergeblich. Ich … ich habe ihn vorhin mit Dunja und Vesna Garling bei Antonio im Eiscafé gesehen.«

»Was???« Fassungslos schüttele ich den Kopf. »Sag das noch mal: Yannis hat ein Date mit den Model-Zwillingen?« Seufzend lass ich mich auf meine Decke zurücksinken und schließe die Augen. Seit Beginn des Winterhalbjahres haben wir, wie gesagt, zwei neue Mädchen in der Klasse, zweieiige Zwillinge, superhübsch und superintelligent. Alle Welt liegt ihnen zu Füßen, jeder von uns will mit ihnen befreundet sein – aber sie reden nicht mit jedem. Kein Wunder, schließlich haben sie schon mehr von der Welt gesehen als wir alle zusammen und verdienen ihr eigenes Geld. Und das mit gerade mal sechzehn Jahren! Garantiert können sie jeden Jungen haben, den sie wollen. Warum also nicht auch meinen süßen Yannis, DEN Mädchenschwarm der Schule, der mit seinen dunkelbraunen Haaren und noch dunkleren Augen einfach umwerfend gut aussieht? Und ausgerechnet mit ihm löffeln sie jetzt einen Baci-Baci-Schokobecher!

Ich bin supereifersüchtig!!!

»Mach dir keine Sorgen, Sina«, höre ich Kleo sagen. Ich spüre ihre Hand auf meinem Arm. »Yannis liebt nur dich, er wird dich schon nicht betrügen. Er ist nicht der Typ, der auf gestylte Tussen abfährt. Und außerdem hat sein Bruder Malte längst ein Auge auf sie geworfen …«

»Das sind nicht irgendwelche Tussen«, fauche ich. »Das sind erfolgreiche Models!« So ganz geheuer ist mir die Sache nicht.

Dunja und Vesna haben schon als Säuglinge in die Kamera gelächelt, ihre Gesichter für namhafte Arzneimittelprodukte her-
gezeigt und sogar in New York als Kindermodels Karriere gemacht. Wer von uns kennt nicht die süßen breiverschmierten
Babys auf den Kinderpuddings? Wer erinnert sich nicht an die
Autowerbung, in der sie dem Verkäufer à la »Doppeltes Lott-
chen« einen Streich spielen? Und vor Kurzem gab es mit den
beiden diese tolle Kampagne von C & A, weshalb wir alle einen
ganzen Sommer lang nur Ringelshirts getragen haben. Es ist, als
kenne ich Dunja und Vesna persönlich, weil mich ihre Gesichter
all die Jahre begleitet haben.

Dabei weiß ich eigentlich nichts von ihnen ...

Jetzt sind die beiden also in unserer Klasse gelandet und sollen
ordentlich was lernen – sie haben in den letzten Jahren zu viel
Stoff versäumt.

»Mach dir keine Sorgen«, wiederholt Kleo. »Yannis liebt nur
dich. Der ist halt einfach neugierig und will vor Malte und seinen Kumpels angeben, wetten?« Sie lächelt mir aufmunternd
zu. »Komm schon, gönn ihm den Spaß!«

»Na, hoffentlich hast du recht«, seufze ich, schließe die Augen
und stöpsele mir den iPod ins Ohr, obwohl ich am liebsten auf-
springen und zu Antonio rasen würde. Doch dann lasse ich mir
von der Musik meine Zweifel wegrocken, während mir die Sonne zarte Bräune auf die Haut zaubert ...

Wie sich herausstellt, hat sich Kleo getäuscht. Denn als ich später nach Dusche und Après-Lotion zu Yannis rübergehe, um
ihn zur Rede zur stellen, ist der gerade damit beschäftigt, im
Internet nach Model-Agenturen zu googeln. Hochkonzentriert

und mit einem Glitzer in den Augen, den ich bei ihm sonst nur sehe, wenn wir entweder ausgiebig knutschen oder er mir von seiner neuen Blinkersammlung vorschwärmt. »Die meinen, ich hätte echt 'ne Chance, weil ich ein schöner Typ wäre!«, murmelt er statt einer Begrüßung und starrt auf den Bildschirm.

Auch männliche Models unterliegen einem Kriterienkatalog wie Körpergröße, Brustumfang, Gewicht und natürlich Alter. Das Schönheitsideal der Männer schwankt zwischen Mann und Jüngling, zwischen Kraftprotz und Asket, ist aber lange nicht so vielen Diskussionen und Modeströmungen ausgesetzt wie das Schönheitsideal von Frauen.

»Was?« Yannis will Model werden? Das ist ja der Knaller der Woche! Er hat Dunja und Vesna gerade mal ein paar Stunden alleine getroffen und schon hat ihn wie all die anderen der Model-Virus gepackt. Verblüfft fällt mir alles aus dem Gesicht. Oder liegt es an der halb nackten Achtzehnjährigen, die sich vor uns auf dem Bildschirm im Baumwolltanga auf einer Steppdecke zum Fremdschämen peinlich herumrekelt?
»Auf welcher Website bist du denn da gelandet?«
»Teeniemodel Dani«, antwortet er grinsend und klickt schnell weiter. Doch die Aufnahmen werden nicht besser. Dann ruft er die Homepage einer offensichtlich renommierten Model-Agentur auf. Lauter hübsche Gesichter, ohne Frage. Gebannt verfolge ich, wie Yannis von Bild zu Bild, von Model zu Model klickt.
»Willst du dich wirklich ernsthaft bewerben?«, hake ich nach und quetsche mich neben Yannis auf den Stuhl. »Meinst du, gegen die hast du eine Chance?« Ich deute auf einen lässig-coolen Typen mit knallblauen Augen und blonden Haaren, dessen unverschämt gutes Aussehen mir glatt die Sprache verschlägt.

»Nee, ich will nur mal schauen.« Yannis drückt mir einen Kuss auf die Wange, aber ich kenne meinen Freund gut genug, um zu wissen: Der meint es ernst. Nachdenklich schaue ich ihn an. Yannis hat ein schönes Profil, eine fast pickellose Haut und lange geschwungene Wimpern. Und wenn ich es richtig rieche, ist er frisch geduscht und eingecremt. Ein Hauch von Aftershave umschwebt ihn außerdem … Bei seiner Größe und seinem Aussehen wäre er bestimmt ein gefragter Typ. Eine Weile hocken wir nebeneinander, surfen quer durch etliche Model-Agentur-Websites und schauen uns die Bilder an.

»Und?«, frage ich. »Worauf wartest du noch? Soll ich ein Foto von dir machen, damit du dich bewerben kannst?«

»Bäh!« Yannis streckt mir die Zunge raus, verlässt das Internetportal und fährt den Computer runter. »Vesna hat gemeint, ich solle erst mal mit ihrer Mutter sprechen, die kenne ein paar Agenturleute persönlich.« Verlegen grinst er mich an, als ob er mir ein heimliches Date gestanden hätte.

Das ist ja schlimmer als befürchtet!

Aber wie mich Yannis jetzt süß angrinst und anfängt, zärtliche Küsschen in meine Halsbeuge zu hauchen, schmelze ich dahin und verzeihe ihm alles.

Erst recht, als er mir ins Ohr flüstert, dass wir ja gemeinsam DAS Topmodel-Paar aller Zeiten werden könnten und er nirgends ohne mich hinginge. Zur Antwort knuffe ich ihm liebevoll in die Seite, was er wiederum als Anlass nimmt, mich durchzukitzeln. Aber ich lasse ihm keine Chance, fix entwinde ich mich seinem Klammergriff, drehe ihm die Hände auf den Rücken – und küsse ihn so schön und lang und ausführlich, wie ich nur kann …

Am nächsten Tag gibt es in der Schule nur ein Thema: Yannis' Date mit den Zwillingen, das sich wie ein Lauffeuer herumgesprochen hat, weil seine Kumpels Juri und Marco »zufällig« bei Antonio vorm Fenster herumlungerten. Maltes Lästereien über seinen »süßen, kleinen, unschuldigen« Bruder tun ihr Übriges.

Schon im Pausenhof ernte ich von allen Seiten mitleidige Blicke, nach dem Motto »Gegen Supermodel-Schönheiten wie Dunja und Vesna hat so ein Normalo-Mädchen wie Sina Rosenmüller mit den großen Füßen ja eh keine Chance«. Der Zufall will es, dass Yannis ausgerechnet heute Morgen eine Zahn-OP hat und nicht in der Schule ist. Weil Vesna ebenfalls nicht zum Unterricht erscheint, kursieren alsbald die wildesten Spekulationen von wegen sie seien gemeinsam durchgebrannt oder hätten einen Nackt-Shoot für Dolce & Gabana.

»Wirst du Yannis verzeihen?«, fragt mich Julia lauernd, als wir nebeneinander die Treppen zum Physiksaal hochlaufen. »Also, wenn er das mit mir machen würde, ich weiß nicht…«

»Danke auch, mach mich fertig«, antworte ich und spiele das Spiel mit. Sie muss ja nicht wissen, dass Yannis und ich gestern Abend nach unserem Ausflug in die Model-Welt noch ganz versöhnlich-gemütlich in der Hollywood-Schaukel gechillt haben und ich ihm für sein Zahnarzt-Date heute Mut zusprechen musste.

»Als ob du noch nie Yannis angegraben hättest und bei ihm abgeblitzt wärest. Weil er nun mal, so ärgerlich das für dich ist, TREU bleibt …«, zischt Milli ihr im Vorübergehen zu. »Lass dir bloß nichts einreden, Sina.« Kopfschüttelnd hält sie uns die Tür auf und ich suche mir schnellstmöglich einen Platz in der hintersten Reihe. Kurz bevor Herr Asselmeyer erscheint, huscht Dunja auf den letzten Drücker herein und setzt sich neben mich. Ausgerechnet.

»Hast du die Hausaufgaben?«, flüstert sie mir zu. Hektisch kramt sie nach ihrem Collegeblock und Mäppchen.

Ich zögere einen Moment, doch dann siegt meine Gutmütigkeit. »Klar«, ich nicke und schiebe ihr so unauffällig wie möglich meine Unterlagen zu. »Hier, die ganze rechte Seite.«

»Uff, so viel?« Aber dann pinselt Dunja mit einer affenartigen Geschwindigkeit sämtliche Formeln und Vektordiagramme zur Impulserhaltung von mir ab. Keine Sekunde zu spät wird sie damit fertig, denn prompt ruft sie der Asselmeyer nach vorne, wo sie souverän erklärt, warum 13 % der mechanischen Energie verloren gehen, und dafür eine glatte Eins kassiert. Als ob nichts wäre, kehrt sie auf ihren Platz zurück, in den Reihen vor uns wird wieder einmal eifrig getuschelt und gekichert.

Ich will schon sauer sein, da spüre ich unter dem Tisch ihre Hand auf meinem Oberschenkel. »Danke«, wispert sie mir zu, »wir reden in der Pause, ja?«

Und so kommt es, dass Dunja und ich unter den neugierigen Blicken der anderen Seite an Seite über den Schulhof schlendern, während sie mir, sofern es in der kurzen Zeit möglich ist, von ihrer verkorksten Schullaufbahn erzählt.

»Das ist total ätzend«, sagt sie mit ihrer glockenhellen Stimme, »kaum hast du in einer Klasse Fuß gefasst und dich mit dem Unterrichtsstoff vertraut gemacht, kommt ein Shooting dazwischen und du fängst danach wieder von vorne an. Aber diesmal ziehen wir die Schule bis zum Abi durch, das hat Grace versprochen.«

»Grace?«, hake ich nach.

»Unsere Mutter.« Dunja verzieht das Gesicht. »Nur heute musste Vesna dringend zu einem Stammkunden für Katalogaufnahmen ...«

Ich schweige und denke mir meinen Teil. Offensichtlich ist nicht alles so toll in dieser tollen Model-Welt, wie Julia und die anderen schwärmerisch glauben. Dunja scheint ganz nett zu sein, vorhin schon im Unterricht habe ich sie unauffällig von der Seite gemustert und neidvoll anerkennen müssen, dass sie wirklich sehr hübsch ist. Sie hat ein fein geschnittenes Gesicht, volle Lippen und große Augen. Im Gegensatz zu ihrer Schwester, die ihre langen blonden Haare zu einem Pferdeschwanz gebunden hat, trägt sie kinnlange dunkelbraune Locken auf dem Kopf.

Weiblichkeit gleich Schönheit: Weiche Gesichtskonturen, runde, sanfte, symmetrische Züge ohne Ecken und Kanten, haarloser Körper, das sind weibliche Attribute. Forscher haben herausgefunden, dass wir (aus verschiedenen Gründen) auf Übertreibungen reagieren und auf Dinge stehen, die es gar nicht gibt. Das erklärt, warum wir wider besseren Wissens falschen Idealen hinterherlaufen – und den Erfolg von Barbie: weit auseinanderstehende Kulleraugen, hohe Stirn, kleines Kinn, aber hohe Wangenknochen, die bei allem Kindchenschema ein hohes Maß an Weiblichkeit suggerieren. Das Barbie-Gesicht gilt weithin als unerreichbares Schönheitsideal für viele Mädchen und Frauen.

Völlig ergriffen davon, dass ein Mensch so schön und so nett sein kann, schwappert eine warme Sympathiewelle durch meinen Bauch. Und deshalb frage ich sie einfach, ob sie heute Nachmittag Lust hat, mit mir gemeinsam ins Schwimmbad zu gehen. Sollen doch Julia und Milli weiterlästern.

»Gerne!«, strahlt Dunja mich an. »Ich würde schrecklich gerne einfach ganz normale Dinge tun. Irgendwie stresst es mich total, dauernd nur schön sein zu müssen.«

Diesen Satz verstehe ich zwar nicht so ganz, aber ich freue mich trotzdem, dass sie bereit ist, mit mir Normalo-Sina etwas zu unternehmen.

Schönheit ist ein Geschenk – aber für die Beschenkten auch mitunter eine schwere Last. Oft unterstellen wir ihnen Arroganz, Eitelkeit und Egoismus und sind in Wahrheit nur fürchterlich eifersüchtig. Deswegen lernen superschöne Menschen, sich von klein auf abzuschotten, weshalb ihnen dann wieder ein gewisses Image der Unnahbarkeit innewohnt. Ganz schön kompliziert, oder? Ein guter Grund, sich einfach darüber zu freuen, ein ganz normales, hübsches Mädchen zu sein.

No business like showbusiness

Aus dem Schwimmbadbesuch mit Dunja wird nichts, weil ich Yannis` Händchen halten soll. Der Arme liegt mit dick geschwollener Wange wie ein Häufchen Elend auf dem Sofa in Dietrichs Wohnzimmer und tut sich mächtig leid. »Wer schön sein will, muss leiden«, hat seine Mutter Stefanie nur gemurmelt und darauf angespielt, dass Yannis bald das strahlendste Lächeln aller Zeiten haben wird. Auch ich tröste ihn mit der Aussicht auf Zahnpastawerbung, aber keine Chance, mein Freund ist im Jammertal versunken. Nach zwei Stunden halte ich das nicht mehr aus und mache die Fliege. Fürs Schwimmbad ist es jetzt zu spät, aber vielleicht hat Dunja Lust, mit mir ein bisschen auf meinem Lieblingsplatz am Main abzuhängen. Kurz entschlossen mache ich mich auf den Weg zu ihr und klingele keine fünfzehn Minuten später an der Haustür einer schicken Altbauwohnung. Eine hochgewachsene Frau mit blonden Haaren öffnet mir. Sie sieht aus wie frisch einem Modemagazin entsprungen, sorgfältig geschminkt, weiße Tunika, schlichter Silberschmuck. Wie sie jetzt lächelnd im Türrahmen steht, weiß ich nicht: Ist die immer so oder wartet sie auf das Blitzlichtgewitter?!

»Äh, ist Dunja da?«, frage ich. »Ich bin Sina aus ihrer neuen Klasse«, füge ich dann noch rasch hinzu. Verlegen zupfe ich mein Shirt zurecht, irgendein olles Normalo-Pimkie-Teil, ich habe mir keine Gedanken über mein Outfit gemacht und fühle mich plötzlich völlig pupsig und spießig.

Das war schon mal anders!
Meine Clique und ich, sag ich nur …

»Hallo Sina, schön, dich kennenzulernen, Dunja hat schon viel von dir erzählt«, antwortet sie höflich und reicht mir die Hand. »Ich bin Grace. Komm rein, meine Mädels machen gerade eine Handpackung.«

Eine was?!, liegt es mir auf der Zunge, doch die Bemerkung kann ich mir gerade noch verkneifen. Ich streife fix die Sneakers von meinen Füßen, dann folge ich der feingliedrigen Frau in eine sehr geräumige Wohnküche, wo Dunja und Vesna mit eingewickelten Händen am langen Holztisch sitzen.

»Hi, Sina«, feixt Dunja und wedelt mit den Armen. »Wer schön sein will, muss leiden.«

Den Satz habe ich heute doch schon mal irgendwo gehört? »Wenn's weiter nichts ist«, antworte ich grinsend und setze mich neben Vesna, die mir kaum merklich zugelächelt hat. Sie sieht aus, als habe sie geweint.

»Soll ich dir auch eine Maniküre machen?«, fragt mich jetzt Grace freundlich. Eine Reihe perlenweißer Zähne strahlt mich an. Gleichzeitig schiebt sie mir ein Schälchen mit Seifenlauge hin.

»Lass gut sein, Mama«, mischt sich Dunja ein. »Sina will sicher nicht so lange bleiben, oder?« Sie guckt mich bedeutungsvoll an, nach dem Motto »Lass uns lieber woanders hingehen«. Aber zu spät. Grace begutachtet bereits meine Hände.

»Die sind schön feingliedrig«, stellt sie fest. »Die Form deiner Fingernägel ist außergewöhnlich ebenmäßig. Du solltest jedoch besser auf die Nagelhaut achtgeben und sie regelmäßig zurückschieben …«

»Mama!« Dunja rollt genervt mit den Augen. »Es reicht schon, dass wir morgen Nachmittag zu diesem Shooting müssen, obwohl du uns eigentlich eine Pause versprochen hast. Da musst du Sina nicht auch noch mit reinziehen.«

»Ach was, ein bisschen Schönheitspflege macht jedem Mädchen Spaß, nicht wahr, Sina?« Grace guckt mich erwartungsvoll an. Touché. Natürlich macht es mir Spaß. Und natürlich schmeichelt sie mir mit ihrer Bemerkung.

»Was ist das für ein Shooting?«, frage ich neugierig und bade meine Hände in der warmen Seifenlauge, die angenehm zitronig duftet und sich cremig anfühlt.

»Für Tiffany«, antwortet Vesna leichthin. »Wir präsentieren Rings, Bracelets und Charms aus der Paloma Picasso Collection.«

»Aber das ist voll der öde Job!«, mault Dunja. »Ich habe keine Lust, meine Hände stundenlang still zu halten …«

»Was? Für Tiffany?« Unsereins kann sich gerade mal ein Bettelarmband mit pupsigen Zirkoniasteinen von Esprit leisten und die beiden modeln für Anhänger aus 18 Karat Gold mit Diamanten.

»Sei froh, dass ihr zur Zeit überhaupt Aufträge bekommt. Körperteilmodel ist nicht das Schlechteste«, meint Grace und feilt jetzt an meiner rechten Hand herum. »Mit solch kleineren Shootings bleibt ihr immerhin im Geschäft. Ihr wollt doch nicht in Vergessenheit geraten, oder?«

Es gibt verschiedene Möglichkeiten, als Model tätig zu sein. Die meisten denken bei »Model« an Mannequins bzw. Laufstegmodels. Das sind die extrem dünnen, Größe 34 bis 36 tragenden Mädchen, die über eine tolle Körperhaltung verfügen und mindestens 176 cm groß sein müssen. Daneben gibt es die Fotomodels, die für Mode, Schönheitspflegeprodukte und

Wäsche vor der Kamera stehen. Bei ihnen spielen Ausstrahlung und Gesicht eine wichtige Rolle, in der Regel sehen sie »gesünder« aus als die Laufstegmodels, auch wenn Größe 38 und Körbchengröße C das Maximum sind. Bei den Nackt- bzw. Glamourmodels dagegen kommt es auf etwas ganz anderes an: Sex-Appeal und die Lust, sich nackt fotografieren zu lassen. Körperteilmodels präsentieren ihre besonders schön geformten Hände oder Beine, ihren knackigen Po ... Schließlich gibt es noch Seniormodels und Plussize-Models.

Allen gemeinsam kann ihr Status als Amateurmodel oder professionelles Model bzw. Topmodel sein: Amateurmodels modeln nur zum Spaß und haben nur kleinere Aufträge, während ein Profimodel regelmäßig für Kunden arbeitet und seinen Lebensunterhalt damit bestreitet. Topmodels zeigen Mode von berühmten Designern und verdienen deutlich mehr Geld als die anderen damit. Und dann gibt es natürlich noch die Supermodels, die nicht nur als Model erfolgreich sind, sondern als Persönlichkeit weltweit bekannt sind, ihre eigenen Parfum- und Modelinien entwickelt haben und ihr gesamtes Leben als Fashion Show leben und inszenieren, wie beispielsweise Gisele Bündchen oder Heidi Klum.

Unbehaglich ruckele ich auf meinem Stuhl hin und her, zumal Dunja ein *»ich hätte nichts dagegen«* murmelt und Vesna schon wieder nach Heulen aussieht. Für die nächsten fünf Minuten herrscht eisige Stille. Grace beackert konzentriert meine Nägel, dann zupft, feilt und massiert sie mir zum Abschluss die Handinnenflächen.

Wenn die Situation nicht so unangenehm wäre, wäre das hier sehr angenehm!!!

»Ich dachte, ich hätte das klar gesagt: Ich habe keine Lust mehr aufs Modeln!«, sagt Dunja plötzlich unvermittelt in die Stille hinein. »Ich will mein Abi machen und Medizin studieren. Und ich kann mich nicht auf die Schule konzentrieren, wenn ich meine Nachmittage und Abende in irgendwelchen Fotostudios verbringen muss. Dass ich heute beim Asselmeyer nicht aufgeflogen bin, verdanke ich allein Sina.« Dunja versucht ein Lächeln in meine Richtung, während sie sich energisch die Baumwolltücher von den Händen wickelt.

Vesna runzelt die Stirn, sagt aber nichts.

»Bitte, Dunja, nur noch dieses eine Mal«, versucht ihre Mutter, sie zu beruhigen. »Ihr seid nun mal als Zwillinge bekannt und die wollen unbedingt vier Hände haben! Außerdem müssen sich eure Kunden erst noch an den Gedanken gewöhnen, dass ihr einzeln gebucht werden könnt.«

»Wollt!«, faucht Dunja. »Und du musst dich daran gewöhnen, dass ich nicht mehr mitmache. Heute nicht, morgen nicht und übermorgen auch nicht.« Sagt es und sitzt mit vor der Brust verschränkten Armen da. Erschrocken ziehe ich meine Hand zurück, unbehaglich schaue ich in die Runde. Grace entfährt ein tiefer Seufzer. Dann steht sie auf und geht zum Bücherregal, zieht ein dickes Buch mit schwarzem Einband heraus und setzt sich wieder zu uns an den Tisch.

»Jetzt kommt die Nummer wieder.« Dunja verzieht das Gesicht.

»Weiß nicht, ob du das hören willst, Sina. Ich auf alle Fälle kann diese alten Kamellen nicht mehr ab.« Sie springt auf, rennt aus der Küche. Kurz darauf hören wir die Haustür knallen.

»Tut mir leid, Sina«, sagt Vesna. Mir fällt auf, dass ihre Stimme genauso hell wie Dunjas klingt, nur nicht so sauer. »Ich weiß auch nicht, was mit ihr los ist, ich erkenne sie kaum wieder. Dabei ist sie meine Zwillingsschwester. Wir haben immer alles gemeinsam gemacht ...« Eine Träne stiehlt sich aus ihren Augen und rollt anmutig ihre Backe hinab.

»Geht mich ja auch nichts an«, winke ich ab, unangenehm berührt. »Am besten verschwinde ich jetzt, bin ja eh hier einfach so reingeplatzt.«

»Ist schon okay«, beeilt sich Grace zu sagen und streicht über den abgegriffenen Bucheinband. »Natürlich darfst du gehen. Aber wenn du willst, erzähle ich dir ein bisschen von uns, dann verstehst du vielleicht, warum Dunja gerade eben so überreagiert hat.« Ihr Lächeln ist einfach umwerfend charmant.

Ich zögere einen Moment. Logisch brenne ich darauf, die Exklusiv-Model-Story zu hören, und zwar aus erster Hand – nachdem in der Schule die wildesten Gerüchte kursieren, von wegen die hätten jede schon einen festen Freund, würden fünf Luxusvillen in Beverly Hills besitzen und ihre Mutter wäre die Geliebte von George Clooney. Andererseits fühlt sich das hier nach einer totalen Krise an und ich weiß nicht, ob ich bereit dazu bin, Mülleimer für ein Familiendrama zu spielen. Da fühle ich Vesnas Hand auf meinem Arm.

»Bleib. Es wäre schön, wenigstens einen vernünftigen Menschen als Freundin zu haben.« Sie lächelt mich lieb an. Zum tausendsten Mal stelle ich fest, wie wunderhübsch sie ist, auch ohne Schminke. Sie ist mindestens so nett wie Dunja, nur nicht so aufbrausend. Und hier am Küchentisch wirkt sie völlig normal und überhaupt nicht eingebildet.

»Na gut«, sage ich, meine Neugier siegt. Ich lehne mich entspannt zurück.

Wenn die anderen wüssten, dass ich hier bin, wären sie garantiert total neidisch.

»Ich war damals gerade siebzehn«, beginnt Grace, einfach zu erzählen, und schlägt das Buch auf, »und bin in einer Disco bei einem Casting entdeckt worden. Der Anfang einer großen Karriere als Laufstegmodel, von der andere träumen. Bald hatte ich es in Paris in die großen Fashion Shows geschafft: Lagerfeld, Armani, Valentino, Miu Miu, Kenzo, Chanel, Givenchy … alle waren begeistert und lagen mir zu Füßen. Mir, die ich es als no name von einem kleinen Kaff im Allgäu in die Modestadt geschafft hatte.« Sie zeigt mir eine Fotostrecke. Ich erkenne eine wunderschöne junge Frau in einer traumhaft schönen schwarzen Abendrobe, in der typischen Mannequin-Haltung im Blitzlichtgewitter der Fotografen.

»Du warst echt toll, Mama«, sagt Vesna bewundernd. »So wie du würde ich auch gerne laufen können …«

»Danke, mein Schatz.« Mutter und Tochter haben sich ganz dicht nebeneinander über das Buch gebeugt, ihre blonden Haare hängen wie dichte Vorhänge über den Bildern. Sie scheinen mich fast vergessen zu haben. »Aber das war auch harte Arbeit … so eine Fashion Show ist Stress pur! Erst können sich die Designer nicht auf eine Auswahl festlegen, dann ändern sie in letzter Sekunde noch mal alles und schließlich stehen die Schuhe in der falschen Größe für dich bereit. Wenn du Pech hast, hängen sogar die falschen Outfits an deiner Kleiderstange … Und zu all dem heißt es immer: lächeln, laufen, lächeln, laufen …«

»Aber die meisten Models lächeln doch gar nicht!«, rutscht es mir raus. Echt, wenn ich da an die ernsten, fast ausdruckslosen Gesichter denke. Ohne Mimik. Todernst. Unglaublich cool. Auch Grace lächelt auf den Fotos nicht.

»Das ist Performance, Sina, alles nur Performance. Wahnsinnig anstrengend, jeder Schritt muss sitzen, jede Bewegung, jede Geste. Und bloß kein Gramm zu viel auf den Hüften.« Grace lächelt

versonnen. Sie sieht nicht so aus, als hätte sie das jemals gestört.
»Stimmt das denn, dass Models in Oran
gensaft getränkte Wattebäuschchen
schlucken, um nicht dick zu wer-
den?«, wage ich zu fragen.
»Gehört leider auch manchmal dazu.
Einige Mädchen sind tatsächlich ext-
rem essgestört, wenn nicht gar mager-
süchtig. Die Klischees sind leider doch oft auch Realität, gell,
Mama?« Vesna überlegt einen Moment, bevor sie hinzufügt:
»Und Drogen und Alkohol spielen auch des Öfteren eine große
Rolle, wenn du verstehst ...«

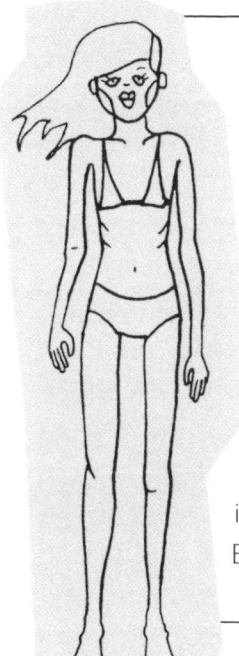

Magermodels sind »eigentlich« out und werden von europäischen Laufstegen fern-gehalten, es gibt auch so etwas wie einen Anti-Magersucht-Kodex der Modebran-che. Dennoch schneidern Prada, Versace & Co. immer noch die Prototypen für ihre Shootings in so kleinen Größen, die selbst für »normale« Models zu klein sind. Kein Wunder also, dass international erfolgrei-che Topmodels wie Anja Rubik, Olga Sherer, Anna Selezneva oder Hanne Gaby Odiele mit ihren sehr mageren Körpern dennoch großen Erfolg haben und unzähligen Mädchen ein fal-sches Vorbild liefern.

Ihh, Wattebällchen. Ich verstehe nicht, wie
jemand seinem Körper so viel Schaden und Missachtung zu-
fügen kann, sage aber nichts. Grace blättert einfach weiter,

Zeitungsausschnitte von Hochglanzmagazinen, Originalfotos, handgeschriebene Notizen, sie muss wirklich sehr erfolgreich gewesen sein. Vesna sitzt begeistert daneben, beide sind abgetaucht in ihre Erinnerungen und ich frage mich, für wen sie jetzt eigentlich das Buch mit den Erinnerungsfotos aufgeschlagen hat.

»Aber ich habe es geliebt!«, erzählt Grace weiter. Mit einer lässigen Bewegung bindet sie ihre Haare zu einem leichten Knoten. »Mein Leben lang wollte ich nichts anderes als Model sein. Ich habe Ballettunterricht genommen, um eine gute Haltung zu bekommen, ich habe mit Sport und Diät meinen Körper schlank und gesund gehalten, ich habe meine Haut und mein Haar gepflegt ... schließlich waren mein Körper und mein Aussehen mein Kapital! Und ich hatte Erfolg, ich wurde überall gefeiert, Paris, Mailand, New York, ich war ein gefragtes Topmodel auf dem Weg zum Supermodel. Alles lief bestens. Bis zu dem Tag, an dem ich schwanger wurde ...«

»Mit uns!«, wirft Vesna ein und streichelt ihrer Mutter sanft über die Schultern. »Arme Mama, ausgerechnet Zwillinge!«

»Er war ein berühmter Fotograf und ich war ein junges, unerfahrenes Ding«, erzählt Grace mit brüchiger Stimme weiter und das Folgende hört sich an wie auswendig gelernt. »Er hat mir die Welt zu Füßen gelegt, ich habe alles geglaubt, was er gesagt hat. Als ich schwanger wurde, hat er mich von heute auf morgen verlassen. Ich habe dann versucht, mit einer Fotostrecke für Umstandsmode im Geschäft zu bleiben, aber spätestens als die beiden auf die Welt kamen, war ich weg vom Fenster. Aus den Augen, aus dem Sinn, wie man so schön sagt.« Sie verzieht das Gesicht.

Das Album hat eine leere Doppelseite, offensichtlich wurden hier Fotos entfernt. Ich halte den Atem an.

Das ist ja eine filmreife Story, wie sie nicht besser in einem Hollywood-Drehbuch stehen könnte!

»Und dann?«, frage ich schnell weiter. »Heute sind Sie doch längst wieder im Geschäft, oder? Bei Ihrer Figur und so, wie Sie aussehen!«

Grace lacht bitter. »Ja, bin ich, aber anders, als du denkst.« Sie blättert weiter und deutet auf zwei süße, wonnige Windelbabys. »Das sind Dunja und Vesna. Als sie gerade krabbeln konnten, haben sie das erste Mal vor einer Kamera posiert. Seitdem modeln sie, als hätten sie nie etwas anderes gemacht, meine beiden sind einfach Naturtalente.« Sie sagt das mit einem gewissen Stolz in der Stimme.

»Wir haben für Babynahrung, Windeln, Hautpflegecremes gemodelt«, erzählt Vesna. »Später dann für Kindermodehersteller und Pharmakonzerne.« Ich weiß, denke ich. Ich kenne euch von Plakaten und aus Zeitschriften und von meinem Kinderpudding. Vesna zeigt auf eine Reihe von Bildern. Die beiden Mädchen darauf sind fast nicht voneinander zu unterscheiden: Sie tragen stets die gleichen Kleidchen, die gleiche Frisur – und anders als heute auch die gleiche Haarfarbe und den gleichen Haarschnitt.

Vesna bemerkt meinen fragenden Blick. Sie seufzt tief, bevor sie weitererzählt: »Mama hat natürlich immer darauf geachtet, dass sie nicht zu viele Aufträge für uns annahm und wir uns in Ruhe entwickeln konnten. Dass auch Zeit für Freundinnen und Hobbys da war. Eigentlich hatten wir auch immer viel Spaß bei den Shootings. Aber dann …« Sie blättert weiter und ich erkenne die Fotostrecke mit den Modeaufnahmen für C & A. Total lustige, verrückte Zwillings-Aufnahmen, die letzten Sommer überall an den Plakatwänden und sogar auf den Tüten prangten.

»Das waren die genialsten Postkarten aller Zeiten«, rutscht es mir heraus. »Allein deswegen hat mir Mama drei Shirts aus der Kollektion spendiert. Schade, dass ihr da nicht mehr weitermacht. Oder wollten die euch nicht mehr?«

»Das ist es ja«, antwortet Grace. »Dunja wollte plötzlich nicht mehr. Sie hatte sowieso nie so viel Freude am Modeln wie Vesna und der Stress bei diesem zugegebenermaßen wirklich sehr anstrengenden Shooting hat ihr dann den Rest gegeben.«

»Irgendetwas ist da passiert, von dem wir nicht wissen, was es genau war«, sagt Vesna. »Von heute auf morgen hat sie sich geweigert, auch nur eine Aufnahme mehr für diesen Kunden zu machen. Sogar ihre alte Haarfarbe hat sie wieder angenommen, dabei war es für sie all die Jahre kein Problem, sich die Haare zu blondieren.«

»Sie musste für die Karriere blond werden?« Ich denke, ich höre nicht richtig.

Grace lächelt milde. »Wenn du als Model erfolgreich sein willst, ist Blond nicht die schlechteste Haarfarbe … und das tupfengleiche Aussehen der beiden war ja der Schlüssel zum Erfolg. Dadurch fing ihre Karriere an.«

»Ich dachte, ihr seid zweieiig?«, hake ich nach.

»Sind wir auch. Deshalb haben wir ja auch unterschiedliche Haarfarben. Aber wir sehen uns trotzdem sehr ähnlich. Wenn wir die gleichen Klamotten und Stylings tragen, kann uns kein Mensch unterscheiden.« Vesna grinst mich an. Dann fügt sie traurig hinzu: »Sollte Dunja wirklich ernst machen und komplett aussteigen … alleine kann ich einpacken. Dieses Shooting morgen, bei dem unsere Gesichter weniger im Vordergrund stehen, sollte ein versöhnlicher Neuanfang werden.«

Mir verschlägt es die Sprache. So langsam schieben sich die Puzzleteile vor meinem inneren Auge zusammen, langsam kapiere ich: Dunja will ernsthaft aussteigen und ihr eigenes Ding machen, während Vesna und Grace um jeden Preis weiter im Business bleiben wollen.

»Jetzt warte mal ab, bestimmt kriegt sie sich wieder ein und es zeigt sich, dass das nur so eine Phase ist. Immerhin seid ihr jetzt in der Pubertät, da ist es normal, mehrfach am Tag seine Meinung zu ändern«, versucht Grace, sie zu beruhigen. »Sicher ist es nicht das Schlechteste, etwas anderes zu lernen als modeln, man sieht es ja an mir … aber es wäre eine verschenkte Chance in Dunjas Fall, sie ist ein Naturtalent! Topmodels findest du nicht an jeder Ecke, da können die noch so viele Casting-Shows im Fernsehen veranstalten!«

Ob Germany's Next Topmodel, Das Supertalent, Popstars, X Factor, DSDS oder Unser Star für Oslo, Casting-Shows haben Konjunktur. Es ist, als wolle die gesamte Republik Popstar oder Topmodel werden, reich und berühmt und vor allem eins: gesehen werden, egal, wie sehr sich einer dabei selbst erniedrigt oder vorführen lässt. Im Unterschied zu professionellen Agenturen, wo du entweder genommen wirst oder nicht, werden in diesen Shows die Kandidaten über das Normalmaß hinaus in Konkurrenz zueinander gebracht. Innerhalb weniger Wochen werden aus *no names* vermeintliche Superstars, die im Crashkurs singen, tanzen oder modeln lernen. Bei den meisten Casting-Shows können die Zuschauer dank Televoting Einfluss nehmen und sich für oder gegen Kandidaten entscheiden. Das heißt: Unter Umständen entscheidet nicht eine kompetente Kritikerjury über die Qualität einer Leistung, sondern der rein subjektive Geschmack des allgemeinen Publikums über die Zukunft von Menschen. Germany's Next Topmodel ist die Ausnahme, hier

 gibt es eine Fachjury und natürlich Heidi Klum, die mit ihrer jahrelangen Berufserfahrung die Mädchen professionell beurteilen kann.

Nachdenklich bin ich dann nach Hause geradelt. Was um alles in der Welt ist da bloß vorgefallen, dass Dunja dermaßen überreagiert? Alle Mädchen, die ich kenne, träumen davon, Model zu sein! Und sie, der sämtliche Türen offenstehen, wirft einfach alles hin. Am liebsten würde ich sofort Milli anrufen und ihr alles erzählen. Aber eine innere Stimme hält mich davon ab. Ich glaube, ich habe heute Nachmittag etwas sehr Privates erfahren, mit dem ich vertrauensvoll umgehen sollte. Weil ich aber trotzdem mit jemandem darüber reden muss, damit ich nicht zerplatze, klingele ich kurz bei Yannis. Erstens stehen die Zwillinge auf ihn und zweitens freut er sich garantiert über eine Runde Extra-Mitleid. Zum Glück geht es ihm inzwischen besser und er hört mir neugierig zu, als ich ihm alles erzähle.

»Krass, da lebt sie ihre unverwirklichten Laufstegträume bei ihren Töchtern aus«, meint Yannis, nachdem er mir aufmerksam zugehört hat. »Ich habe da neulich eine Sendung über ehrgeizige Eltern gesehen und wie sie ihre kleinen Kinder unter Druck setzen … Kein Wunder, dass Dunja aussteigen will.«

»Aber Grace ist nicht so! Die ist total nett und aufmerksam, sie will nur das Beste für die beiden. Sie hat uns sogar noch einen Kakao mit Sahne gekocht. Welche ehrgeizige Model-Mutter macht das schon?«, verteidige ich Grace und meine neuen Freundinnen. »Und weißt du, was sie Tolles vorgeschlagen hat? Ich soll morgen gemeinsam mit Vesna das Shooting bestreiten, falls Dunja wie erwartet keine Lust dazu hat. Was meinst du, ob ein Talentscout mich entdeckt?« Neckisch halte ich ihm mei-

ne manikürten Hände unter die Nase, die Grace hingebungs-
voll gepflegt hat. Falsche Geste, denn prompt ist Yannis einge-
schnappt.

»Das ist mal wieder typisch! Immer geht es nur um Mädchen!
Mich vergesst ihr dabei, aber warte nur ab, ich werde euch
schon zeigen, was ich draufhabe!« Yannis schmollt und die folgende halbe Stunde bin ich damit beschäftigt, Trostküsschen zu
spenden und zu versprechen, dass ich ihn das nächste Mal mit-
nehme. Wo er doch jetzt ein strahlend weißes Lächeln hat ...

Ich will Model werden!

Keine vierundzwanzig Stunden später weiß ich es genau: Ich will Model werden! Weil Dunja nicht ein Wort mit mir in der Schule geredet hat, sondern sich stattdessen demonstrativ neben Anton Pickelface alias Strebersau gesetzt hat, bin ich dann auf Vesnas Einladung hin mit zu dem Shooting gegangen. Meinen Freundinnen habe ich nichts davon erzählt, ich hatte keine Lust auf neidische Blicke oder gar Lästerbemerkungen. Reicht ja schon, dass Yannis neidisch ist.

> Ich wäre ja schön blöde,
> mir diese Chance entgehen zu lassen!

Der Kunde war zwar nicht so begeistert von meinen Händen wie Grace, hat aber dennoch erlaubt, dass der Fotograf ein paar Aufnahmen von mir macht: von meinen Händen, meinem ungeschminkten Gesicht, einmal lachend, einmal von der Seite, beinahe wie Schnappschüsse vom Familienfest. Ich finde, sie hätten vorher wenigstens meine Pickelchen abdecken und Mascara auftragen können, aber Grace war sehr zufrieden mit den Fotos.

»Professionell geschminkt wirst du später«, hat Grace auf mein verwundertes Nachfragen hin gesagt. »Um dich bei einer Agentur zu bewerben, solltest du auf den Fotos möglichst natürlich rüberkommen. Sie erkennen auf den ersten Blick, ob sie aus deinem Typ etwas machen können oder nicht. Und glaub mir, du hast Potenzial.«

»Ich soll was?« Ich habe das alles ja bisher nicht so ganz ernst genommen, heiß ja nicht Yannis!

»Sina, verstehst du denn nicht? Das ist deine Chance! Davon träumen Millionen Mädchen weltweit«, hat Vesna gerufen und mir aufmunternd auf die Schultern geklopft. »Mit diesen Fotos kannst du dich bewerben und dann nehmen sie dich in ihre Kartei auf. Natürlich nur, wenn deine Eltern auch einverstanden sind.«

Weil ich sie immer noch verständnislos angeschaut habe, hat sie mich einfach ausgelacht, das restliche Team gleich mit.

»Süß«, hat der Stylist gerufen, »die Kleine ist ja süß!« Ich habe ihn schlitzig angeschaut. Wenn ich mich nicht täusche, handelt es sich bei dem Stylisten ausgerechnet um Alessandro Debortoli, DEN Starvisagisten aller Zeiten. Es ist zwei Jahre her, da hat er mich mal bei so einem Show-Event mit Foundation, Eyeliner und Rouge beackert. Ob er mich erkannt hat? Ich zumindest habe den peinlichen Auftritt seinerzeit nicht vergessen und mir geschworen, mich nie wieder mit Make-up zukleistern zu lassen. Aber wenn ich Model werden will, kann ich Letzteres glatt vergessen.

»Überleg es dir gut, ob du wirklich Model werden willst«, sagte der Fotograf, während er sich meine Adresse aufschrieb. »Das ist ein knochenharter Job.«

»Quatsch nicht, Enrique!«, hat ihn Vesna ermahnt. »Das ist ein toller Job! Ich möchte in meinem Leben nichts anderes machen! Auch wenn mir gleich die Finger abfrieren werden. Silver on Ice – auf eine noch bescheuertere Idee hätten die wohl nicht kommen können, was?« Sie deutete auf den Tisch, auf dem sie gleich den Schmuck präsentieren soll: Kunstschnee mit Eiswürfeln.

Noch jetzt bewundere ich sie dafür, wie sie volle fünf Stunden lang, ohne mit den Wimpern zu zucken, immer wieder ihre Hände in das Eiswasser getaucht hat. Und die ganze Zeit über hat sie dabei geduldig lächelnd darauf gewartet, bis Enrique die richtigen Lichtverhältnisse eingestellt hatte, ganz zu schweigen von den tausend Effekten und Filtern, die er zwischendurch immer wieder wechselte.

Auch wenn Vesna total jung ist und kaum einer ihren Namen kennt, für mich ist sie ist jetzt schon ein Topmodel!

Auch Grace war völlig aus dem Häuschen, keine Rede mehr davon, dass Dunja fehlte und deswegen alles vermasselt hat. Ich hatte sogar den Eindruck, beide waren ganz froh, dass die Nörgeltante vom Dienst nicht dabei war und Vesna sich darauf konzentrieren konnte zu zeigen, was in ihr steckt, auch wenn sie vorher Sorgen hatten, dass der Kunde sie alleine nicht akzeptiert.

»Und Sie meinen, ich hätte wirklich eine Chance?«, fragte ich zur Sicherheit noch mal nach, als Grace mich in ihrem Mini-Cooper nach dem Shooting nach Hause fuhr. Vesna trug dicke Fellhandschuhe und darunter eine Spezialcreme-Packung, um ihre Hände zu entfrosten.

»Klar, warum nicht. Du bist ein sympathisches, junges Mädchen, nicht zu groß und nicht zu klein, verfügst über die richtigen Proportionen … da haben sich schon ganz andere Mädchen vorgestellt. Ich studiere oft in der Agentur deren Bewerbungsfotos«, antwortete sie, während sie sich in den Feierabendverkehr einfädelte.

»Die meisten Mädchen denken, sie müssten vollbusig und ultraschlank sein, um überhaupt eine Chance zu haben«, sagte

Vesna. »Dann schicken sie Nacktaufnahmen von sich in eindeutigen Positionen ... Aber darum geht es nicht beim Modeln, egal, ob du für ein Modelabel oder für Hustensaft vor der Kamera stehst.«

Grundsätzlich ist zu unterscheiden zwischen einer Model- und einer Casting-Agentur:

Eine **Model-Agentur** vermittelt Models für Modeaufnahmen, Laufstege und Performances. Hierzu sind bestimmte Voraussetzungen notwendig. Als ideale Körpergröße für ein professionelles Model gilt 1,72 m bis 1,83 m bei einer Konfektionsgröße von 36 und den bekannten Maßen 90 – 60 – 90 (Umfang von Brust, Taille und Hüfte). Kleine Abweichungen werden akzeptiert. In der Regel sind die Models zwischen 15 und 22 Jahre alt, wenn sie mit dem Modeln beginnen.

Eine **Casting-Agentur** vermittelt Models für Werbeaufnahmen. Hierfür sind keine bestimmten Voraussetzungen nötig, vielmehr werden unterschiedlichste Typen – vom Baby bis zum Opi – mit den unterschiedlichsten Eigenschaften gesucht. Aber egal ob jung, alt, klein, groß, dick oder dünn: Wenn du ein Model werden möchtest, solltest du folgende Voraussetzungen mitbringen:

- Freundlichkeit und Kontaktfreude
- Mut und Spontaneität
- Interesse und Vielseitigkeit
- ein gepflegtes Äußeres und
- eine gesunde Figur

Körpergröße

Brust-
umfang
2

Taillen-
umfang
3

Hüft-
umfang
4

1

»Worum geht es dann?«, fragte ich.

»Um das Spiel mit der Kamera, um das Reinschlüpfen in fremde Rollen, um das Verwandeln in unterschiedliche Charaktere … und um den Spaß, dich zu zeigen«, antwortete Grace im Rückspiegel. »Das hat man – oder man hat es nicht. Wenn du dazu noch über die richtigen Maße verfügst, die die Haute Couture verlangt, gehörst du zu den Glücklichen, die es schaffen können. Vorausgesetzt, ein Meister entdeckt dich als seine Muse und …« Sie seufzte und brach ab.

»Ach, Mama …« Auch Vesna seufzte.

Ein bedrückendes Schweigen machte sich im Auto breit und ich fragte mich zum wiederholten Mal, warum Grace eigentlich nicht mehr modelt. Sooo alt ist sie ja noch gar nicht. Und eine Topfigur mit einer Topausstrahlung hat sie nach wie vor. Aber ich traute mich nicht, danach zu fragen.

Drei Tage später habe ich Post. Es sind meine Fotos, von denen mir Enrique einige großformatige Abzüge geschickt hat, gleichzeitig liegt eine CD mit den Daten bei. »Viel Erfolg!« hat er dazugeschrieben.

WOW!!! Sehe ich toll aus!!!
Ganz natürlich schön. Ganz Sina.

»Jetzt sag nicht, du willst Topmodel werden?!«, fragt mein jüngerer Bruder Leon, der natürlich mitbekommt, wie ich gleich nach der Schule mit hastigen Fingern im Flur den Umschlag aufreiße. »Die Fotos sind toll, zeig mal!« Anerkennend pfeift er durch die Zähne. Verwundert blicke ich ihn an und mir fällt auf, dass der kleine Stinker ganz schön groß geworden ist in letzter Zeit. Kein Wunder, schließlich geht er mittlerweile in die fünfte Klasse.

Bald wird auch er seinen ersten Pickel haben.
Ich war damals elfeinhalb ...

»Ich weiß schon«, ruft Mama aus der Küche, wo es lecker duftend vor sich hin brutzelt und die Dunstabzugshaube summt,
»ich hatte heute Morgen eine längeres Telefonat mit Grace.«
»Mit wem?« Leon guckt mich fragend an. Und auch ich frage
mich: Wieso ruft ausgerechnet Grace bei uns zu Hause an?
»Sie wollte wissen, ob Dunja in letzter Zeit bei dir zu Besuch
war, offensichtlich ist sie nachmittags öfters mal verschwunden, ohne dass jemand weiß, wo sie genau steckt.« Mama stellt
eine schwere Pfanne auf den Tisch, während wir uns hinsetzen.
»Was hätte ich ihr sagen sollen? Dunja hat ein paar Mal hier
angerufen, aber du hattest ja keine Lust, mit ihr zu sprechen.
Na ja und dann haben wir uns eine Weile unterhalten, Töchter,
Männer, Alltag, worüber Frauen halt so quatschen ... Stell dir
vor, sie kennt sogar Claudia Schiffer! Grace ist wirklich sehr
nett, wir haben ausgemacht, dass wir uns irgendwann mal zum
Kaffeetrinken treffen. Ich bin schrecklich neugierig, welche
Promis sie noch so alle kennt«, sprudelt es aus ihr heraus und
ich denke: Aha, Mama will mit ihrem Wissen aus der Gala glän-
zen. »Und dann hat sie mir begeistert erzählt, wie das Shooting
neulich nachmittags war und dass du bei einer Model-Agentur
durchaus Chancen hättest.« Mama guckt amüsiert und lädt uns
die Teller voll.
»Wie? Sag das noch mal? Ausgerechnet ich soll Chancen haben?« Verblüfft gucke ich sie an. Ich habe Grace` Anspielungen
bis jetzt nicht so ernst genommen. Aber wenn sie sogar meine
Mutter darauf anspricht? Dann ist vielleicht was dran.
»Ich würde es gerne ausprobieren, Mama«, sage ich, obwohl

Am besten ist es natürlich, wenn du persönliche Kontakte zu einer Agentur oder eine Empfehlung hast. Eine gute Model- bzw. Casting-Agentur erkennst du u. a. daran:

● Es gibt ein offizielles Büro, keine Privaträume.
● Es gibt eine professionelle Internetseite mit Referenzen.
● Alle Vorgänge sind transparent.
● Deine Wünsche werden respektiert.
● Es werden keine Nacktfotos von dir gemacht.
● Du musst nicht für Zigaretten oder Alkohol modeln.
● Niemand verlangt eine Schönheits-OP oder Crashdiät.
● Es ist selbstverständlich, dass deine Eltern mit einbezogen werden.
● Dir entstehen bei der Bewerbung keine Kosten und Anmeldegebühren.
● Achte auf das Kleingedruckte! Inzwischen ist es üblich geworden, dass nach einer erfolgreichen Bewerbung ein einmaliger Betrag dafür fällig wird, wenn du in die Kartei aufgenommen wirst.

Im Internet findest du eine Reihe Model-Agenturen, bei denen du dich online oder schriftlich bewerben kannst. Bekannte Namen sind:

www.starboxx.de   www.showcast.eu
www.louisa-models.de   www.modelstyle.com
www.modelchance.de   www.eastwestmodels.de
www.vivamodels.de   www.m4models.de
www.talents-models.com   www.model-management.de

ich mir bisher keine allzu großen Gedanken um meine Model-Karriere gemacht habe. »Wirklich. Gleich heute Nachmittag werde ich mein Unterlagen zusammenstellen und Bewerbungen schreiben.«

»Mach mal«, meint Mama gut gelaunt, »mein Einverständnis hast du. Aber eins musst du mir versprechen: Keine Nacktaufnahmen! Und nur die Agenturen, die Grace vorgeschlagen hat.«

Nach den Hausaufgaben (Franz-Vokabeln! Bio-Referat!) setze ich mich gleich an den Computer, um ein bisschen nach den Agenturen zu googeln und um ein Gefühl zu entwickeln, worauf es eigentlich ankommt. Aber die meisten fragen in ihrem Online-Bewerbungsformular nur nach den üblichen Adress- und Personendaten, also Alter, Größe, Gewicht, Aussehen. Dann zwei bis drei meiner tollen Enrique-Bilder hochladen, und das war's.

Egal, ob du dich als Model oder Bankkauffrau bewirbst: Online-Bewerbungen sind mittlerweile in fast jeder Branche üblich und oft ausdrücklich erwünscht. Im Zweifelsfall informiere dich vorher telefonisch bei der Sekretärin, wie du am besten vorgehen sollst.

Zeugnisse, Fotos und persönliches Anschreiben werden als Anhang eingefügt. Sorge also dafür, dass du die entsprechenden Unterlagen am besten als PDF-Datei in deinem Computer abgespeichert hast und die Scans einwandfrei und scharf sind. Beachte, dass auch eine Online-Bewerbung korrekt sein muss und von dir, zum Beispiel im Anschreiben, persönlich gestaltet sein sollte, um deine Chancen zu verbessern.

Als Yannis rüberkommt, guckt er mir neugierig über die Schulter. »Wow! Starke Fotos! Genau das habe ich gestern auch gemacht«, grinst er. »Nur sind meine Fotos halb so professionell, weil ich sie mit dem Selbstauslöser aufgenommen habe.«

»Warum hast du nicht Malte gefragt?«, murmele ich. Sein großer Bruder gibt doch immer so mit seiner Superkamera an.

»Meinst du etwa, ich erzähle Malte davon? Reicht schon, dass er den Zwillingen schöne Augen macht!« Er tockt sich an die Stirn und ich muss bei dem Gedanken grinsen, wie der selbstverliebte Malte Fotos vom posenden Yannis schießt.

»Aber ich wollte dich fragen, ob wir uns nicht lieber gemeinsam persönlich bei Vesnas Agentur vorstellen wollen?« Er lächelt lieb und ich bemerke einen fein-herben Geruch, als ich ihn zur Antwort auf die Wange küsse.

»Neu?«, schnüffele ich verzückt.

»Der Duft, der Frauen provoziert … habe ich Malte geklaut. Sag mal, Sina …«, er stockt und schaut verlegen zu Boden. »Dich kann ich es ja fragen, aber lach mich nicht aus, ja?«

Wie könnte ich, wenn er so süß und
verwuschelt vor mir steht …

»Sag, hast du auch immer so rote Pickelchen nach dem Rasieren?«

»Äh, du meinst unter den Armen oder wo?« Jetzt gucke ich verlegen.

»Nee … ja, ich meine … auch.«

Gegen lästige Pickelchen nach dem Rasieren hilft Folgendes:
- Haut vorher gut einweichen.
- Immer nur scharfe und saubere Klingen verwenden.
- Regelmäßig rasieren.
- Mit dem Strich rasieren.
- Nach der Rasur mit Aftershave betupfen (desinfiziert).
- Wundschutzcreme oder Babypuder lindern die Rötung.

»Kommt vor«, antworte ich schnell. »Am besten, du cremst dich hinterher gut ein.« Plötzlich überkommt mich ein Kicheranfall. »Sag bloß, als Mister Supermodel willst du jetzt *hairfree* sein? Am Ende soll ich dir noch die Augenbrauen zupfen?«

»Sieht auf alle Fälle gepflegter aus! Und ihr Frauen steht doch darauf, wenn wir nicht so behaart wie die Affen herumlaufen«, antwortet Yannis und streckt mir die Zunge raus. »Du bist blöd, Sina, wenn ich wirklich eine Chance haben will, muss ich auch etwas dafür tun, machst du doch nicht anders.«

Sagt ausgerechnet mein Yannis, der sonst lieber mit robusten Outdoor-Klamotten beim Angeln und Zelten unterwegs ist. Aber vielleicht ist er ja als Naturbursche genau der Richtige für diese Sorte Werbung. Ich schaue ihn nachdenklich an und verkneife mir nur mit großer Mühe den erneuten Kicheranfall, den ich aufsteigen spüre.

Yannis beim Augenbrauenzupfen! Mit Pflegemaske!

»Und außerdem«, fügt er hinzu, »ist es nicht das, was du dir immer gewünscht hast? Einen Beauty-Nachmittag[1] zu zweit?« Jetzt sieht er so aus, als müsse er gleich losprusten.

»Okay, abgemacht«, nehme ich ihn beim Wort und liefere gleich einen konkreten Vorschlag: »Morgen nach den Hausaufgaben bei dir, ich bringe alles mit. Modeln ist schließlich nicht nur gut Aussehen, hat mir Vesna gesagt …«

»Ja, mir auch. Deswegen sollten wir zudem Körperhaltung und Ausdruck üben«, sagt Yannis eifrig. »Catwalk-Training, Posing …«

»Das Wichtigste ist die Gesichtsmimik«, mache ich weiter, »al-

---

[1] Pflegetipps für einen Beauty-Nachmittag allein oder zu zweit findest du auf Seite 139 ff.

lein daran sehen sie, wie wandelbar du bist. Und darauf kommt es an.« Ich habe schließlich Grace gut zugehört und deute auf meine Fotos, die bei all meiner Natürlichkeit verschiedene Momentaufnahmen von mir zeigen.

Du musst die unten genannten Eigenschaften noch nicht vollends beherrschen, wenn du dich als Model bewirbst. Du wirst das alles in speziellen Workshops unter Anleitung von professionellen Trainern, die schon zahlreiche Models erfolgreich ausgebildet haben, noch lernen. Es schadet aber nichts, wenn du trotzdem diesbezüglich schon mal auf das eine oder andere achtest, denn eine gute Körperbeherrschung hilft dir überall weiter, egal ob beim Sport, beim Referathalten oder beim Bewerbungsgespräch.

- gute Bewegungstechnik
- elegantes und rhythmisches Gehen
- individuelle Schrittkombinationen
- Laufstegtechnik
- Posing
- Gesichtsmimik

Aus Spaß laden wir uns dann auf YouTube ein Filmchen hoch und ich krame meine roten High Heels heraus, die ich mir vor Jahren unbedingt kaufen musste. Yannis runzelt die Stirn, verkneift sich aber angesichts der Uralt-Teile einen Kommentar. Immerhin passen sie perfekt! Dann üben wir den lässigen Model-Gang mit vorgestreckter Hüfte und schlenkernden Armen. »Du musst böse aussehen, Sina«, grinst Yannis. »Und dein Gesicht muss hohlwangiger sein.«
Also gucke ich so grimmig wie möglich, sauge die Wangen ein und stakse abermals drauflos. Yannis kriegt sich vor Lachen

nicht mehr ein, vor allem, als er dran ist mit Laufen und beim Posen seine Muskeln spielen lässt, die man unter seinem dicken Sweater ja gar nicht sehen kann.

»So wird das nie was! Hacken zuerst aufsetzen, entschlossen gucken, Kopf hoch, Schultern zurück …« Aber längst habe ich mir die High Heels von den Füßen gestreift und mich vor Lachen aufs Sofa geschmissen.

»Wollen wir es echt versuchen?« Yannis hat sich neben mich gesetzt und zieht seinen Pulli aus. Sein T-Shirt spannt über seiner Brust. »Wenn du willst, will ich auch.«

Ich gucke Yannis überrascht an, es hört sich an wie ein Heiratsantrag.

»Was soll uns passieren?«, antworte ich nach einer Weile. »Solange Grace und Vesna dabei sind … warum denn nicht! Und wenn wir auf diese Weise unser Taschengeld aufbessern können …«

Je nach Alter, Erfahrung und Art des Auftrages schwanken die Verdienstmöglichkeiten eines Models zwischen 500 bis zu 5.000 Euro am Tag, Topmodels verdienen natürlich mehr. Wird dein Foto in der Zeitung abgedruckt, erhältst du ein zusätzliches Honorar. Mindestens 25% deiner Gage behält die Agentur, die dich vermittelt.

Papa ist es, der am Abend meinen Supermodel-Träumen einen Strich durch die Rechnung machen will. »So ein Quatsch!«, ruft er empört. »Da setzen sie meinem Mädchen Flausen in den Kopf, wohl wissend, dass die Chance auf Erfolg minimal ist, weil meine Süße zum Glück nicht so ein Hungerhaken von Magermodel ist, sondern einen ganz gesunden Körper besitzt. Und am Ende reden sie ihr noch ein, dass sie ihre Haare abschneiden und umfärben und ihren Typ verändern muss, wenn sie erfolgreich sein will. Da ist doch der Frust vorprogrammiert! Das ist unverantwortlich!«

Papa hat einen roten Kopf und sich richtig in Rage geredet. Solch lange Reden höre ich selten von ihm, nur, wenn er mit Onkel Ösi, dem Mann meiner Lieblingstante Irene, eins dieser endlosen Männergespräche führt.

»Lass sie doch, Matthias«, meint Mama. »Sina ist ganz sicher nicht gefährdet. Und diese Grace ist sehr nett und hat ein Auge auf ihre Bewerbung.«

»Wer? Grace? Etwa DIE GG? Grace Goleszowski? Sag das noch mal?!«, hakt er mit zusammengekniffenen Augenbrauen nach.

»Dann erst recht nicht! Du schmeißt mir die Schule nicht hin, am Ende hast du keine Ausbildung, keinen Beruf ... nichts!«

Papa guckt meine Mutter kopfschüttelnd an und ich frage mich, was er über Grace weiß, was ich nicht weiß.

»Ich habe nicht vor, die Schule zu vernachlässigen, im Gegenteil.« Dunjas Worte klingen mir im Ohr. »Heute kommt es ja vor allem auch darauf an, dass du als Model was in der Birne hast, wenn du wirklich erfolgreich sein willst. Und es wäre doch ein super Nebenjob, wenn ich eines Tages studiere. Du sagst doch immer, ich soll mich kümmern ...«

Aber Papa hat sich immer noch nicht wieder eingekriegt.

»Bitte, Papa, ich möchte es wenigstens ausprobieren, gib mir wenigstens eine Chance. Grace sagt, ich hätte eine, und dann will ich sie auch nutzen.« Ich blicke ihn flehend an.

»Ausgerechnet Grace ...«, seufzt Papa und guckt Mama vorwurfsvoll an, nach dem Motto »Wie konntest du nur?!«.

»Hat sie dir überhaupt ihre Geschichte erzählt?«

Ich schüttele stumm den Kopf. Papa schweigt und ich denke: Oje, den möchte ich nicht als Chef haben.

Nach einer Weile sagt er: »Okay, Sina, vereinbaren wir Folgen-

Wenn du wirklich davon träumst, Model zu werden, solltest du neben deinen Bemühungen deinen Schulabschluss nicht aus dem Auge verlieren. Das hat gleich mehrere Vorteile:

- Solange du nicht volljährig bist, ist die Wahrscheinlichkeit eines Fulltime-Jobs eher gering.
- Je vielseitiger du ausgebildet bist, desto vielseitiger bist du auch einsetzbar.
- Realistischerweise schaffen nur sehr wenige Mädchen den großen Durchbruch.
- Last but not least: Irgendwann ist es mit dem Modeln vorbei.

des: Du bittest Grace darum, dir von ihrer Vergangenheit zu erzählen. Wenn sie es tut, wissen wir, dass sie es ehrlich meint, und dann sollst du meinetwegen ausprobieren, ob du als Model taugst oder nicht. Und versprich mir eins: Bleibe unsere Sina! Nicht, dass du wieder so eine Luxusmieze wirst wie seinerzeit mit diesen Edlen. Und Französisch nicht schlechter als Vier!«, schiebt er nach.

»Versprochen!« Dankbar drücke ich ihm einen kleinen Kuss auf die Wange. Gleich morgen werde ich Grace, Dunja und Vesna einen Besuch abstatten und fragen, was da eigentlich los ist. Der Beauty-Nachmittag mit Yannis kann warten ...

Am nächsten Tag klingele ich mit gemischten Gefühlen bei Garlings, wie sich die Familie offiziell nennt, an der Haustür. Dunja war vorhin in der Schule extrem eifrig bei der Sache und hatte im Mathe-Unterricht eine komplizierte Aufgabe in null Komma nichts an der Tafel vorgerechnet. Natürlich haben meine Freundinnen inzwischen doch Wind von der Sache mit dem Shooting gekriegt und mich eifrig bekniet, ihnen mehr vom Model-Business zu erzählen. Vor allem Kleo ist Feuer und Flamme. Eifrig hat sie sich all meine Tipps, die ich von Grace und Vesna habe, in ihre Kladde notiert. Weil wir mal allerbeste Freundinnen waren und ich die Zeit mit ihr niemals vergessen werde, habe ich ihr sogar den Namen von Vesnas Agentur verraten, damit sie sich persönlich vorstellen kann. Vielleicht gehen wir alle gemeinsam hin, mit Yannis. Milli will sich das alles noch mal überlegen, wie sie gesagt hat. Jolina ist das zu blöde und Julia ist zickig, weil ihre Eltern ihr das verboten haben.

»Typisch«, hat sie geschnaubt, »immer verbieten sie mir alles, selbst mit Shoshana darf ich mich nicht mehr treffen, angeblich, weil sie einen schlechten Einfluss auf mich ausübt. Dabei ist sie die Einzige, die mir in den letzten Monaten überhaupt mal ernsthaft zugehört hat.«

»Und was ist mit uns, hä?«, habe ich sie angerempelt, halb aus Spaß, halb im Ernst. »Wir sind doch auch immer für dich da, erinnere dich doch mal an unser Gespräch damals ... du bist es doch, die manchmal nicht will.« Julia fühlt sich für die Drogenprobleme ihrer Schwester Ashley verantwortlich und ist seit Ashleys Absturz in ein tiefes, depressives Loch gerutscht, aus dem sie nur langsam wieder rausklettert. Nicht zuletzt mithilfe dieser Shoshana, die eigentlich Anhängerin einer Sekte ist. Aber seit der Guru der Spektralen in einer spektakulären Aktion verhaftet wurde, ist Shoshana mittlerweile alleine mit ihrer Mission.

Völlig in meine Gedanken versunken bemerke ich nicht, wie mir Vesna mit einem freudestrahlenden Lächeln die Tür öffnet. »Hey, da bist du ja schon!«, freut sie sich. »Was gibt es denn so Dringendes, heute Morgen in der Schule warst du so ernst.«

»Ach, nix«, winke ich ab. »Mein Vater macht Stress, er hat Angst, dass mir das Model-Business schadet ...«

»... und wir schlechten Einfluss auf dich ausüben und dir Flausen in den Kopf stecken«, vervollständigt Vesna lachend den

Satz. »Na, wenn der wüsste, welch harter Job und welche Soft
Skills beim Modeln gefragt sind – neben einem hübschen Gesicht, versteht sich.«

Der Beruf »Model« ist kein klassischer Ausbildungsberuf. Folgende sozialen Kompetenzen solltest du jedoch mitbringen
und im Laufe deiner »Karriere« steigern. Dabei hilft dir ein gutes Gespür – und Menschen in deiner Nähe, von denen du lernen kannst. Schau genau hin und suche dir ein gutes Vorbild.

❏ Flexibilität   ❏ Kreativität
❏ Professionalität   ❏ Ehrgeiz
❏ Selbstmanagement   ❏ Teamgeist
❏ Selbstbewusstsein   ❏ Menschenkenntnis
❏ Gespür für Styling

Sie bittet mich herein, diesmal nicht in die Küche, sondern in
ihr Zimmer, genauer gesagt, in einen riesigen, hallenartigen
Raum, der durch Vorhänge und Regale gemütlich eingerichtet
und unterteilt ist. »Wir müssen ein bisschen leise sein, Grace
hat mal wieder fürchterliche Kopfschmerzen, Migräne. Sie hat
eine Tablette genommen und schläft.« Vesna seufzt und zieht
hinter mir mit einem sanften Klacken die Tür zu.

»Und wo steckt Dunja?« Ich deute auf den hinteren Teil des
Zimmers, den offensichtlich Vesnas Schwester behaust. Ein
Turm dicker Bücher steht neben ihrem Bett, offensichtlich ist
Dunja, wie ich erkenne, Sachbuch-Fan.

»Die ist in der Bibliothek, fürs Bio-Referat recherchieren. Sie
meinte, Wikipedia und Google seien zu ungenau.« Vesna zuckt
verächtlich mit den Schultern. »Wenn sie meint … Hast du deine Fotos mitgebracht?«

Stolz zeige ich ihr die Aufnahmen. »Ein paar Online-Bewerbungen habe ich schon losgeschickt, gemeinsam mit Yannis. Er will es ja auch probieren. Mal sehen, was dabei rauskommt, er ist völlig aus dem Häuschen!« Ich grinse verlegen und bin insgeheim stolz auf meinen Freund. »Aber bei deiner Agentur würde ich mich lieber schriftlich, wenn nicht gar persönlich vorstellen.«

»Klar, schreib an Carmen und dass du uns kennst, dann wird sie sich deine Unterlagen sicherlich genauer anschauen«, antwortet Vesna. »Ich bin mir sicher, Grace regelt das für euch.« Sie gibt mir noch ein paar Tipps für das Bewerbungsanschreiben, die ich eifrig notiere. Dann schlägt sie mir vor, eine DVD zu gucken. Aber ich habe keine Lust auf *Frühstück bei Tiffany's*, den Film habe ich schon tausendmal gesehen. Ich will lieber wissen, welches Geheimnis Grace umgibt, genauer gesagt, habe ich ja versprochen, danach zu fragen. Nur – wie?!

»Sag mal, Vesna …«, beginne ich zögernd. »Ich habe eine sehr private Frage an dich, ich hoffe, du bist nicht böse deswegen …«

»Und die wäre?« Vesna kommt mit der Fernbedienung in der Hand neben mich auf ihr kleines Sofa geklettert. Sie trägt einen grauen Hausanzug, ihr langes blondes Haar hat sie zu einem Pferdeschwanz gebunden.

»Also, ich weiß nicht, nicht dass du hinterher sauer bist …« Ich stammele vor mich hin und weiß nicht, wo ich anfangen soll.

Ich komme mir total dämlich vor!!!

»Jetzt sag schon«, antwortet Vesna ungeduldig und drückt ein paar Knöpfe. »Ich werde nicht sauer sein, versprochen.«

»Also gut. Es geht um Grace …«

»Und was ist mit Grace?« Vesna zappt durch das DVD-Menü.

»Nichts ist mit ihr, ich meine: Warum hat sie eigentlich mit dem

Modeln aufgehört?« Puh, jetzt ist es draußen. Ängstlich schaue ich Vesna von der Seite an, doch sie reagiert völlig normal.

»Weil sie mit zwei kleinen Schreibabys nicht mehr flexibel genug war und nicht arbeiten gehen konnte«, antwortet sie monoton. »Ist das alles, was du wissen willst?«

»Aber ...«, ich schnappe nach Luft. Nach Papas Äußerungen gestern war ich auf einen handfesten Skandal gespannt. »Ist das wirklich der einzige Grund?«

Vesna nickt, doch die Art, wie sie es tut und angestrengt auf den Bildschirm starrt, sagt mir, dass es nicht die Wahrheit ist. Bevor ich nachhaken kann, wird die Tür aufgestoßen und Dunja kommt atemlos rein, einen Stapel Bücher in der Hand.

»Oh no, nicht schon wieder Audrey, du hast doch 'nen Vogel!«, ruft sie ihrer Schwester zu. »So langsam drehe ich noch durch!« Sagt es, knallt die Tür wieder zu und ist Richtung Küche verschwunden, wo man sie mit Gläsern hantieren hört.

Ich gehe Dunja einfach hinterher, vielleicht ist sie ja gesprächiger als Vesna. Oder sollte ich fairerweise Grace persönlich fragen? Ist ja eigentlich Papas Bedingung gewesen!

Dunja guckt mich auf meine Frage hin eine Weile ernst an, dann nickt sie ernst. »Du hast die Wahrheit verdient, Sina, ich erzähle sie dir gerne. Aber ich könnte mir gut vorstellen, dass Grace dir lieber selbst davon berichtet, komm, wir fragen sie.«

»Und ihre Migräne?« Bei Mama würde ich achtkantig rausfliegen, wenn ich sie in ihrer Kopfschmerzhölle stören würde.

»Keine Sorge, ist schon vorbei«, grinst Dunja und zieht mich ins Wohnzimmer. »Mama, hier ist jemand, der deine Story hören will.«

Sie sagt das abfälliger, als es wohl gemeint ist.

Grace sitzt mittlerweile im Schneidersitz auf dem Sofa und sieht aus wie Vesnas große Schwester in ihrem rosafarbenen Jogginganzug und mit dem blonden Pferdeschwanz. Sie lächelt mich nachsichtig an, keine Spur, dass sie sauer sein könnte. »Und ich hatte gehofft, in dieser Stadt würde man uns mit der Vergangenheit in Ruhe lassen«, seufzt sie. »Wenigstens meinen Töchtern zuliebe.«

»Sie müssen nicht ... im Grunde geht es mich ja auch nichts an«, antworte ich rasch, unangenehm berührt. Das muss ja eine Wahnsinns-Story sein! »Aber mein Vater ...«, ich druckse herum, »er erlaubt mir sonst nicht, dass ich mich als Model bewerbe.«

»Verstehe. Er kennt die Presseberichte von damals, kein Wunder.« Grace nimmt einen tiefen Schluck aus ihrer Volvic-Flasche. »Na komm, setz dich, Sina, und du auch, Dunja ...« Dann zündet sie eine Kerze an, am helllichten Nachmittag.

Gebannt tue ich, wie mir geheißen, versinke in der gemütlichen Sofa-Landschaft, innerlich gespannt wie ein Flitzebogen.

»Was ich neulich erzählte, war nur die halbe Wahrheit, es ist die offizielle Version ... Wie ich schon sagte, ich arbeitete damals mit Jean-Paul erfolgreich zusammen und war ein gefragtes Gesicht: Paris, Mailand, New York, ich war überall in der Welt auf den Laufstegen zu Hause, modelte für die großen Modehäuser. Ich war ein Supermodel aus Deutschland, bekannt wie Claudia Schiffer, Tatjana Patitz und Nadja Auermann! International arbeitete ich mit den anderen Großen zusammen, Naomi Campbell, Cindy Crawford, Linda Evangelista ... für weniger als 10.000 Dollar am Tag sind wir gar nicht erst aufgestanden! Aber ich war eine richtige Frau, nicht so ein Magertyp à la Kate Moss, wie es bald darauf Mode wurde ... Und oben ohne habe ich mich nie fotografieren lassen!« Grace schließt träumerisch die Augen, ich erinnere mich an die wunderschönen Fotos in dem Album und auf ihrer Sedcard.

In den 80er-Jahren und Anfang der 90er-Jahre waren international sehr weibliche Models gefragt wie zum Beispiel neben Claudia Schiffer Models wie Naomi Campbell, Cindy Crawford oder Linda Evangelista. Dann änderte sich der Look: Plötzlich waren toupierte Frisuren, Glanz und Glamour out. Stattdessen war Natürlichkeit und Lolita-Image gefragt, es kam die Zeit, in der Models dürr und blass aussahen und an Drogenabhängige erinnerten. Models wie Kate Moss gaben mit ihren knabenhaften Körpern (48 kg bei 1,70 m) diesem Trend ein Gesicht, die Kampagnen von Calvin Klein mit ihren androgynen Models sorgten weltweit für eine neue Magersuchtswelle unter weiblichen Teenagern. Jeans in Size 0 kamen damals in Mode.

Mittlerweile sind wieder »gesündere« Frauen gewünscht – und die ehemaligen Supermodels wie Claudia Schiffer oder Cindy Crawford, die inzwischen Kinder und Familie haben, gefragter denn je.

»Und dann wurde ich schwanger – von Jean-Paul. Er war ein exzentrischer Typ, musst du wissen, hatte vor mir unzählige Frauengeschichten und immer wieder Probleme wegen Alkohol und Drogen. Aber er liebte mich, nur mich, das weiß ich, auch wenn wir uns oft gestritten haben, so laut, bis die Fetzen flogen … Bis heute bin ich fest davon überzeugt, dass er für immer zu mir zurückgekommen wäre, obwohl er damals völlig austickte, als ich ihn mit der freudigen Nachricht überraschte. Er zertrümmerte das Hotelzimmer, schrie mich an, schlug mich, beschimpfte mich sogar als Nutte, flüchtete schließlich runter an die Hotelbar … Noch heute sehe ich mich, wie ich ihm tränenüberströmt folgte, flehte, bettelte, ja, in meiner Verzweiflung habe ich sogar von einer Abtreibung gesprochen.« Grace hält in ihrer Erzählung inne, fasst sich an die Lippen. »Und ich spüre seinen Kuss, rieche seinen wodkavernebelten Atem, als er mich dann schließlich zur Versöhnung in die Arme schloss, von Abtreibung wollte er natürlich nichts wissen. Wir haben Champagner getrunken, waren verrückt vor Liebe, träumten davon, für immer zusammen zu sein, eine richtige Familie ...« Abermals hält sie inne, stockt. Ihre Stimme klingt leise, während sie weitererzählt. »Wir sind dann eng umschlungen wieder die Treppe nach oben gegangen, in unser Zimmer, das ein Trümmerhaufen war ... Deswegen hat Jean-Paul die Balkontür geöffnet, wir gingen nach draußen, küssten uns unter dem Sternenhimmel. Die Stadt unter uns, ein Glitzermeer, er wollte es mir zu Füßen legen und nach dem schönsten Platz für mich darin suchen. Das waren zumindest seine letzten Worte, während er sich, betrunken wie er war, über die Balkonbrüstung beugte – und sich zu Tode stürzte.« Grace schweigt. Nach einer Weile fährt sie fort: »Natürlich hat mir niemand geglaubt, dass es ein Unfall war, alle haben ja mitbekommen, dass wir gestritten hatten und wie verzweifelt ich deswegen war. Es war ja nicht das erste Mal, dass er mich geschlagen und verletzt hatte ... die Presse hat sich darauf gestürzt, sämtliche Aussagen wurden gegen mich verwendet. Der Prozess ging ewig, am Ende wurde ich aus Mangel an Beweisen freigesprochen. Aber dennoch habe ich nie wieder Fuß in der Model-Szene fassen können, denn Jean-Paul war ein perfekter Networker. Nach seinem Tod haben mich alle fallen lassen wie eine heiße Kartoffel, egal, wie sehr ich mich angestrengt habe.« Grace verstummt.

Betroffen schaue ich sie an. Das also hat Papa mit ihrem Geheimnis gemeint. Glaubt er wirklich, diese wunderschöne Frau hätte einen Mann in den Tod geschubst? Grace eine Mörderin?! Hätte so ein übler Mensch ansonsten ihre Karriere an den Nagel gehängt, die Zwillinge auf die Welt gebracht und alleine großgezogen?

Grace guckt mich jetzt offen an. »Nur wenige Menschen haben damals zu mir gehalten. Glaub mir, Sina, in solchen Zeiten lernst du echte Freunde zu schätzen. Einer davon ist Enrique. Und Carmen von der Agentur. Sie haben dafür gesorgt, dass ich abgeschottet vom Rest der Welt mir ein neues Leben aufbauen konnte, als Agentin und Model-Scout, jedoch unter einem Pseudonym, anders wäre das nicht gegangen.«

»Und die Zwillinge? Hat da niemand geahnt, dass es Ihre Töchter sein könnten?«, frage ich atemlos.

Das ist ja eine unglaubliche Geschichte!

»Nein, niemand wusste von meiner Schwangerschaft und ich habe bewusst die Maskerade aufrechterhalten. Am Anfang hat Carmen die Mädchen während der Shootings betreut, später fragte niemand mehr nach mir.« Grace enthuscht ein breites Grinsen. Dann wird sie wieder ernst und guckt ihre Tochter an. »Aber offensichtlich muss jemand hinter unser Geheimnis gekommen sein.« Sie wendet sich Dunja zu: »Wer hat was zu dir gesagt? Irgendwas muss doch gewesen sein, weshalb du jetzt aussteigen willst!? Du willst es mir nicht sagen und ich bin noch nicht dahintergekommen ...«

»Ist auch besser, du weißt es nicht, Mama«, antwortet Dunja bitter. »Aber es hat nicht nur damit etwas zu tun ... Ich war und werde einfach nie im Leben das Topmodel sein, von dem du träumst, Vesna ist da viel talentierter, akzeptiere das doch endlich! Ich bin draußen!« Und in meine Richtung fügt sie hinzu: »Wenn du meinst, du müsstest das unbedingt ausprobieren: Nur zu! Du kannst viel dabei lernen ... Ich kann nur nicht verstehen, warum man sich freiwillig solch einem Mega-Stress aussetzen will.«

Unbehaglich ruckele ich auf meinem Sitz hin und her. Vesna hat sich längst zu uns gesellt und sich still an ihre Mutter gedrückt, unablässig streichelt sie ihre Hände.

»Ich würde es einfach gerne mal ausprobieren«, sage ich leichthin, »ich bin einfach neugierig! Und wenn ihr alle sagt, ich hätte Talent, warum denn nicht?«

»Das Beste wird sein, ich rede noch mal mit deinen Eltern«, seufzt Grace. »Denn gegen ihren Willen zu arbeiten, kommt nicht infrage.«

»Na, dann wünsche ich viel Erfolg«, meint Dunja und es ist nicht ganz klar, ob sie Grace meint oder mich. Doch dann klopft sie mir auf die Schulter, ihre guten Wünsche galten wohl doch mir und meiner Karriere, schließlich murmelt sie was von wegen Bio-Referat und mendelsche Regeln lernen und ist verschwunden.

Völlig gebügelt sitze ich da, wage nicht, Grace in die Augen zu schauen. Da sagt sie plötzlich in die Stille hinein: »Vielleicht ist es an der Zeit, die Vergangenheit ruhen zu lassen und sich wieder in der Öffentlichkeit blicken zu lassen, schließlich habe ich mir nichts vorzuwerfen. Und gleich morgen werde ich deine Eltern besuchen, einverstanden?« Sie lächelt mich entwaffnend an und ich weiß: Diese Frau würde nie im Leben einer Fliege etwas zuleide tun.

Shoppen bis zum Umfallen

Ein paar Tage später bin ich mit Vesna zum Shoppen verabredet. Aufgeregt warte ich in der Stadt am verabredeten Treffpunkt auf sie, fünfzig Euro Erspartes in der Tasche plus fünfzig Euro extra von Mama.

»Probier dein Glück«, hat sie lächelnd gesagt und mir den Schein zugesteckt. Mann, oh Mann, Grace muss meine Eltern wirklich beeindruckt haben, keine Ahnung, was sie ihnen alles erzählt hat, aber sie waren hinterher mindestens genauso begeistert von ihr wie ich. Ich durfte bei dem Gespräch nicht anwesend sein – wie in Kindertagen haben sie mich einfach auf mein Zimmer geschickt und die Wohnzimmertür hinter sich fest verschlossen.

Ich konnte noch nicht einmal lauschen!!!

Dafür habe ich im Netz ein bisschen gesurft und versucht herauszugoogeln, was damals alles in den Magazinen stand. Leider gab es vor fünfzehn Jahren weder Online-Zeitungen noch Facebook, sodass ich Ewigkeiten suchte, bis ich auf eine spannende Doktorarbeit über die »Medien – Macht und Manipulation. Die Entwicklung in Deutschland von den 50er-Jahren bis heute im Vergleich zu den USA« gestoßen bin. Hat doch tatsächlich jemand den Fall Grace Goleszowski vor dem Hintergrund der damaligen Regenbogenpresse ausführlich und gründlich untersucht. Kein Wunder, Grace war (und ist!) ja auch eine Superschönheit, wie man sie nicht alle Tage trifft. Und wenn eine wie sie mit einem exzentrischen Fotografen liiert ist, ist das natürlich Eins-a-Stoff für Klatsch und Tratsch! Mich interessierten weniger die Forschungsergebnisse über Medienkultur und ihre Folgen für das Individuum, sondern die Aufnahmen von früher, auf denen Grace so überirdisch schön aussah, dass ich Gänsehaut bekam. Ganz genau habe ich ihre Körperhaltung studiert (Arme hinter den Kopf verschränkt! Schulter vor! Kerzengerade!) und ihre Mimik (Schmollmund! Sinnlich! Ernst!). Auf jedem Foto sieht sie aus, als sei alles nur ein Spiel für sie, sie wirkt leicht und elfenhaft und flirtet auf Teufel komm raus mit der Kamera. Ich habe mich an Yannis' Sätze erinnert, dass man so was auch üben kann, und mir den Wandspiegel in meinem Zimmer entsprechend ausgeleuchtet. Dann habe ich mein T-Shirt ausgezogen und in Jeans und nacktem Oberkörper Posen gemacht. (Arme hinter den Kopf verschränkt! Schulter vor! Kerzengerade! Schmollmund! Sinnlich! Ernst!)

Vor der Kamera nehmen Models, Schauspieler oder celebreties eine bestimmte Positur, sprich: Körperhaltung, ein. Damit du weißt, wie du wirkst, übe bei gutem Licht vor einem großen Spiegel, am besten gemeinsam mit einer Freundin. Hier die gängigsten Posen:
1. Aufgestützter Kopf und Hand bilden eine lockere Einheit, blicke nach vorne und schiebe dein Kinn Richtung Kamera. Der freie Arm ist wie ein Dreieck in die Seite gestützt. Achte

auf eine gerade, gespannte Haltung, ohne ver-
krampft zu wirken.

2. Gerade Schultern und gestreckter Hals. Die auf-
gestützten Hände dürfen nicht zu angestrengt
wirken. Bauchanspannen nicht vergessen.

3. Ein Bein im 90-Grad-Winkel gebeugt, stehst du anmutig und ohne Hohlkreuz vor der Kamera. Der Arm
hinter deinem Kopf verstärkt deine kokettierende
Haltung, der seitlich gestützte lässt dich
selbstsicher wirken.

4. Bei dieser natürlichen Pose stehen deine Füße parallel auf dem Boden und deine
Beine im rechten Winkel, die Hände bitte locker
ineinanderlegen. Bauchanspannen nicht vergessen und die Schultern nicht hochziehen.

5. Sieht einfach aus, muss aber locker und lächelnd
durchgeführt werden. Achte hier insbesondere auf
lockere Hände und ein leicht vorgestrecktes Kinn.
Bauch anspannen.

Ich fand mich gar nicht so schlecht und wollte gerade wie vor
ein paar Tagen mit Yannis den Catwalk üben, als Leons Ge-
kicher von der Tür mich innehalten ließ. Offensichtlich hatte
mich der Stinker schon eine Weile beobachtet, denn er ist dann
reingekommen und lässig und model-like durch mein Zimmer
geschritten, hat sich vor dem Spiegel in Pose gestellt und einen
Schmollmund gezogen. Bevor ich ihn achtkantig vierteilen, tee-

ren und federn konnte, war er auch schon wieder verschwunden
– die Digitalkamera provozierend vor sich herschwenkend.

»Wehe du veröffentlichst das!«, habe ich losgekreischt und bin
halb nackt, wie ich war, hinter ihm hergerannt.

»Gute Idee. Yannis findet das sicher klasse, wenn er das sieht,
und liebt dich noch mehr!«, brüllte er prustend und flüchtete
in sein Zimmer. Doch Leon hatte keine Chance, mir die Tür vor
der Nase zuzuschmettern, ich klemmte meinen Fuß dazwischen
und warf mich mit voller Wucht dagegen, traf Leon am Arm.
Prompt landete die Kamera auf dem Boden, doch bevor ich reagieren konnte, hatte Leon sie schon wieder aufgehoben und
wedelte damit vor meiner Nase herum.

»Hol sie dir doch!«

»Na warte!« Vergeblich griff ich danach.

»Lass mich, das ist meine«, keifte er, »ich rufe gleich Mama und
sage, dass du mich mit deinem nackten Busen verfolgst. Das ist
sexuelle Belästigung!« Er guckte mich herausfordernd an. Noch
bevor ich überhaupt nachdenken konnte, hatte er eine sitzen.

»Dann sag's ihr doch«, schnaubte ich vor Wut und verschränk-
te die Arme vor meiner Brust. »Sag ihr, dass du heimlich gespannt hast und mich gegen meinen Willen gefilmt hast! Das ist
Verletzung meiner Persönlichkeitsrechte!«

Blödes Muttersöhnchen, oller Lieblingsleon!

Leon rieb sich erschrocken die Wange und durchbohrte mich
mit bösem Blick, die Digitalkamera immer noch fest umklam-
mert. Seit er bei der Homepage-AG in seiner Schule mitmacht,
hält er sich für den rasenden Reporter und ist ständig am Knip-
sen und Filmen.

Aber die Tour habe ich ihm vermasselt. Gestern Nacht, während er selig wie ein kleines Baby vor sich hin schlummerte, habe ich mich heimlich in sein Zimmer geschlichen und sämtliche Daten von seiner doofen Digi-Cam gelöscht, sowohl vom Chip als auch von der internen Speicherkarte …

»Da bist du ja«, holt mich eine helle Mädchenstimme aus den Gedanken. Es ist Vesna, die in Uggs, Treggings und Wolltunika wie aus dem Nichts plötzlich vor mir steht und mich erwartungsvoll anstrahlt. »Ich freu mich ja so, endlich mal einen Nachmittag für mich! Ich war seit Ewigkeiten nicht mehr ausgiebig Shoppen, wir erledigen das sonst immer online, weil Grace so menschenscheu ist.«
Ein heißer Glücksschauer jagt durch mich hindurch, ich freue mich auch wahnsinnig! Und richtig Shoppen war ich ebenfalls seit Ewigkeiten nicht mehr, weil ich durch die Geschichte mit der Edel-Clique den Spaß an Mode und Style verloren habe. Damals hatte ich mich total verschuldet, weil ich meine sämtlichen Taschengeldersparnisse auf den Kopf gehauen habe und dann trotzdem nicht aufhören konnte. Einen Großteil meiner Edelklamotten bin ich zwar im Secondhandshop losgeworden, finanziell aber war alles in allem ein Desaster.

Echte Shopoholics kennen keine finanziellen Grenzen und schrecken auch vor Krediten nicht zurück. Sie kaufen und kaufen – und haben am Ende Schulden im fünfstelligen Bereich! Da du noch nicht volljährig bist und aller Wahrscheinlichkeit nicht einfach so mit der Kreditkarte deiner Eltern losziehen darfst, ist das Risiko zum Glück gering, dass du einen großen Schuldenberg aufhäufst. Dennoch: Geldausgeben macht nur Spaß, wenn du auch welches hast! Das ist schwierig einzusehen, vor allem, wenn der gesellschaftliche Druck riesig ist, weil gewisse Statussymbole nun mal dazugehören und du und deine Familie sich nicht ständig neue Markenklamotten, Computer oder Fernreisen leisten könnt.

Damit du deine Finanzen immer im Griff hast und nicht sie dich, beachte Folgendes:

- Wichtigste Regel: Lebe nie über deine Verhältnisse.
- Führe ein Moneybook, in dem du deine Einnahmen (Taschengeld, Geburtstagsgeld, Job) und Ausgaben einträgst.
- Teile dein Geld gut ein (Süßigkeiten, Mode, Kino, Ausgehen) und lege Erspartes konsequent zur Seite.
- Suche dir einen kleinen Nebenjob (Ferien!), wenn du mit deinem Geld nicht hinkommst.
- Habe immer was auf der hohen Kante.

»Was ist? Du guckst so ernst! Hast du keine Lust?«, wundert sich Vesna.

»Nee, schon gut, es ist nur …« Schnell erzähle ich ihr von den Edlen und wie ich damals mein gesamtes Taschengeld für teure Markenmode ausgegeben habe.

»Echt? Ausgerechnet die fandest du stylish?« Vesna schüttelt sich. »Also, Maximiliane hat vielleicht noch Stil, aber diese Katharina-Sophie ist ja so was von langweilig! Hochsteckfrisur mit Perlenohrringen, wer trägt denn so was? Um als Fashionista zu gelten, darf's schon ein bisschen mehr sein …« Zielstrebig zieht sie mich jetzt durch die Straßen, weg vom Einkaufszentrum, weg von den wohlvertrauten Labels à la H & M, New Yorker, Pimkie, Orsay & Co. Déjà vu. Abrupt bleibe ich stehen. Eins muss ich unbedingt noch klarstellen.

»Aber ich will mich nicht wieder verkleiden!«, rufe ich. »Model-Karriere hin oder her.«

»Wie? Du hast keinen Spaß am Verkleiden? Und warum willst

du dann Model werden? Sag das noch mal!« Vesna guckt mich mit hochgezogener Augenbraue an, nach dem Motto »Das gibt's doch gar nicht«. »Als Model musst du in verschiedene Rollen schlüpfen, verführerischer Vamp, Glamourgirl, biedere Dirndl-maid oder trashy woman … aber das ist ein Spiel, Sina, das hat nichts mit dir zu tun!« Dann fängt sie an zu kichern. »Aber witzig ist es trotzdem!«

»Ich weiß, es ist nur …«, seufze ich, »ich war damals völlig ne-ben der Spur, wusste gar nicht mehr, was für mich gut ist und was nicht. Das will ich nicht noch einmal erleben!«

»Musst du ja auch nicht!« Vesna schüttelt den Kopf. »Kein Mensch erwartet von dir, dass du dein wahres Ich verleugnest oder gar eine Stilikone wirst! Außerdem schaffen das eh nur ganz wenige, denke doch nur an Victoria Beckham alias Posh, was die für einen Weg hinter sich hat, bis sie jetzt endlich von der Szene in den Modehimmel gelobt wurde! Spaß an modi-schen Outfits und am Ausprobieren solltest du allerdings schon mitbringen, das ist die Grundvoraussetzung.«

> Etwas hatten bzw. haben Audrey Hepburn, Coco Chanel, Bri-gitte Bardot, Sarah Jessica Parker, Victoria Beckham, Kate Moss, Michelle Obama, Madonna und Heidi Klum gemeinsam: Sie haben ein Gespür für Stil, kreieren eigene Modetrends und hinterlassen bei allen Frauen das Gefühl: So möchte ich auch aussehen!

»Habe ich ja auch«, antworte ich rasch, »ich habe nur Angst, mich wieder lächerlich zu machen.«

»Quatsch nicht, Sina, das ist Mode, das ist Spiel, Spaß … da gehört es dazu, neue Dinge auszuprobieren. Ich verstehe gar nicht, was du hast.« Sie grinst mich an, legt mir den Arm um die Schulter und zieht mich weiter. »Los, komm schon! Du bist jung, du bist schön ...«

»... und in Wahrheit wahnsinnig selbstverliebt«, gestehe ich grinsend. »Na klar habe ich riesig Lust dazu, ich habe schon immer heimlich davon geträumt, im Rampenlicht zu stehen, vom Publikum wegen meiner makellosen Schönheit gefeiert und bejubelt zu werden. Und Verkleiden war mein Lieblingsspiel als kleines Mädchen ...« Dann erzähle ich ihr, wie ich früher mit Kleo Prinzessin Simtitti gespielt habe und wir uns ständig neue Kostüme ausgedacht haben, weil die Prinzessin immer rauschende Feste feierte. Auch unsere Meerschweinchen spielten mit – sie waren Hausmädchen und Küchendiener.

»Weiß ich doch, dass du voller kreativer Ideen steckst«, antwortet Vesna und drückt mir einen Kuss auf die Wange. »Und deswegen gehen wir jetzt gemeinsam shoppen!«

Mittlerweile sind wir in einer Seitengasse angelangt, wo sich lauter kleine Geschäfte mit vielversprechenden Auslagen aneinanderreihen, Seifen, Schokolade, Halstücher, Shirts, Schuhe, Schmuck ... eine heiße Glückswelle schwappt durch mich hindurch, ich muss nach Luft schnappen und fühle nur eins: HABEN WOLLEN!

Konsum macht Spaß, ohne Frage! Und was andere haben, willst du auch, ob es sich nun um iPod, Klamotten oder ein Snowboard handelt. Interessant dabei ist, dass sich im Vergleich zu früheren Zeiten die Sehnsucht nach immateriellen Dingen wie Wohlstand, Individualität oder Familienehre zu dem Bedürfnis nach materiellen, kurzlebigen Dingen verlagert hat: Mithilfe eines bestimmten Parfums, eines tollen Sportschuhs oder eines schnittigen Autos wird das eigene Selbstwertgefühl kurzfristig gesteigert, was heute in ist, ist morgen out, es gilt das Neue, Reine, Jungfräuliche – alte Möbel, alte Autos, alter Familienschmuck, die traditionell vererbt werden, besitzen so gut wie überhaupt keinen Reiz für die Konsumenten.

Natürlich gehen wir erst einmal zu LUSH. Dort lassen wir uns von der rundlichen Verkäuferin ausführlich beraten und über die Vorzüge der selbst gemachten Naturseifen aufklären, testen uns durch unzählige Duftcocktails wie Pfefferminz-Limette-Jelly oder Mango-Django-Kokos-Scrub. Weil das Ingwer-Grapefruit-Duschgel im Angebot ist, greife ich zu und packe gleich noch eine Entspannungssprudelbadkugel in mein Einkaufskörbchen. An der Kasse entdecke ich dann noch ein total leckeres Lipgloss, Pflege und Beauty in einem. Vesna gönnt sich ein Kaffee-Kokosöl-Körperpeeling und ein Lavendel-Meersalz-Shampoo. Glücklich und gut duftend klappern wir dann jeden der folgenden Läden ab: Im Dessous-Laden probieren wir kichernd und prustend die heißesten Corsage-Bodys in Rot, Blau und Weiß. Ich fühle mich darin wie ein verführerischer Vamp, mache entsprechende Posen vor dem Spiegel mit einem süßen Kussmund. Vesna applaudiert. »Von wegen du hast keinen Spaß dran«, grinst sie, die selbst jetzt ganz in Schwarz gekleidet ist, mit einem Zylinder auf dem Kopf und einer Fliege um den Hals.

Die Verkäuferin zuckt nur gleichgültig mit den Schultern, als wir nach einer halben Stunde den Laden verlassen, natürlich ohne etwas zu kaufen, weil aktuell kein Lover in Sicht ist, der unser Outfit würdigen könnte (Yannis würde sich nur kaputtlachen ...). Und so geht es dann weiter: Vesna schleppt mich in einen Trachtenladen, wo wir diverse Dirndl von traditionell bis modern durchprobieren. Hätte ich das nötige Kleingeld, hätte ich mich für ein moosgrünes mit rosa Puschelnähten entschieden … so aber ziehen wir weiter in einen Ledershop, wo wir Lederhosen, -röcke, -leggings, -hüte und -jacken anziehen. Ich fühle mich wie eine waschechte Rockerbraut, als ich komplett im Lederoutfit vor Vesna auf und ab marschiere.

»Cool, steht dir gut«, meint sie und ich denke, Moses, unser flippiger Religionslehrer und Pfarrer, kauft hier garantiert auch ein. Vesna kauft sich einen schwarzen Lederhut, als Kombi zu ihrem hellen Trench, den sie noch von der letzten Saison im Kleiderschrank hat.

Weiter geht's dann zu Hollister, wo wir dann verschiedene Styles testen: verwuschelt-süß im knappen Shirt wie Lindsay Lohan, romantisch-verspielt wie Ashley Tisdale, glamourös-chic wie Selena Gomez, rockig-kess wie Miley Cyrus und sexy-cool wie Taylor Momsen.

Das ist das Tolle am Einkaufen: Du kannst die unterschiedlichsten Styles ausprobieren und dir alternative Lebensläufe vor den Spiegeln der Umkleidekabinen ausdenken – ohne wirklich Geld dafür zu bezahlen. Auch wenn alle Welt darüber lästert: Wenn du Spaß daran hast, tu es einfach! Nur so kannst du herausfinden, ob ein knapper Lederminirock, ein ausgeschnittenes Top oder ein verspieltes Hängerchen wirklich zu dir passen oder du darin nur verkleidet aussiehst. Um den eigenen individuellen Stil herauszufinden, hilft nur: ausprobieren, ausprobieren, ausprobieren!

Wir kaufen ein, was unsere Geldbeutel hergeben, und bald hängen an meinem Arm lauter Tüten in allen erdenklichen Größen und Farben, gefüllt mit: Schokoladenlollis für die heiße Milch, einer fetzigen Leggings für fünf Euro, zwei Schals, die sich einzeln oder ineinandergeschlängelt tragen lassen, und ein kultigbunt bedrucktes Shirt von Desigual, das runtergesetzt war.

Vor dem Schuhladen dann muss ich erst einmal tief durchatmen. Ich neige sonst nicht zum Hyperventilieren, aber diese Flammen-Stiefeletten, die auf einem pinken Glasteller präsentiert werden, sind einfach der Oberoberhammer! Und die Peeptoes! Ganz zu schweigen von diesen coolen Ankle Boots. Vesna zupft mich am Ärmel und zieht mich durch die knarzende Eingangstür, die Verkäuferin begrüßt uns mit einem freundlichen Nicken.

»Ich würde gerne diese Ankle Boots von Jimmy Choo anprobieren, Größe achtunddreißig«, sagt Vesna zu ihr und setzt sich wie selbstverständlich auf einen pinken Plüschhocker, woraufhin die Verkäuferin beflissen nickt. »Gibt es in Dark Grey und Vintage Purple, soll ich beide Farben bringen?« Schon ist sie durch einen raschelnden Plastik-Vorhang im Hinterzimmer verschwunden.

»Na los, worauf wartest du noch!« Vesna hat sich längst ihre Uggs von den Füßen gestreift. »Welche Schuhgröße hast du? Hier findest du deine Traumschuhe, garantiert. Wie wäre es denn mit diesen süßen Peeptoes von Cavalli? Die von Louboutin sind auch ganz schön.« Sie zeigt auf ein paar niedliche Pumps mit Schleife und mir bleibt glatt die Spucke weg.

»Fast vierhundertfünfzig Euro, das kann ich mir nicht leisten«, hauche ich entsetzt, nachdem ich das Preisschild studiert habe. Schnell stelle ich die Schuhe wieder zurück.

»Ach was, anprobieren kostet nichts, los doch, deswegen sind wir doch hier!« Vesna lacht mich einfach aus. Dann stellt sie mir ein kleines Sortiment zusammen und besteht darauf, dass auch ich mich setze und meine Sneakers von den Füßen streife. Die Verkäuferin, die mittlerweile mit einem Stapel Schuhkartons unterm Kinn aufgetaucht ist, hält mir ein Paar Probiersöckchen hin.

»Ich trage einundvierzig«, sage ich bedauernd, »diese Schuhe gibt es garantiert nicht in meiner Größe.«

»Kein Problem, ich schaue gleich mal nach«, antwortet die Verkäuferin beflissen, während sie Vesna beim Schnüren der grauen Ankle Boots hilft. Beim Anblick des Pfennigabsatzes wird mir jetzt schon ganz schwindlig.

»Die sind toll«, rutscht es mir heraus. »Garantiert kosten sie ein Vermögen!«

»Geht«, antwortet Vesna lässig und schreitet unter meinen bewundernden Blicken vor dem Spiegel auf und ab, als wäre es kein Problem, auf Zehn-Zentimeter-Stilettos zu laufen.

Sie ist ein Model und sie sieht gut aus ...

»Ich nehme sie in Grau und diesem Purple«, sagt sie dann, ohne mit der Wimper zu zucken, woraufhin die Verkäuferin freudig nickt. Auch sie scheint völlig ergriffen von Vesnas Auftritt zu sein, zumindest hat sie vergessen, sich um meine Quadratlatschen zu kümmern. Auf einen Stirnrunzler von Vesna hin geht sie aber los. Wenige Minuten später habe ich die geilsten, tollsten, wunderbarsten, bequemsten, schönsten, feinsten, modischsten Peeptoes der Welt an den Füßen und drehe mich wie Vesna vor dem Spiegel.

Ich bin ein Model und ich seh gut aus ...

»Wahnsinn«, ruft Vesna begeistert, »die sind wie für dich gemacht! Aschenputtel wäre neidisch!«

Beflügelt von ihren Worten probiere ich mich durch die anderen Modelle, darunter auch die grauen Ankle Boots und ein paar High Heels, in denen ich wider Erwarten richtig gut laufen kann.

»Ich kenne nur wenige Frauen, die mit Schuhgröße einundvierzig so… so grazil aussehen«, meint die Verkäuferin. »Wirklich.«

Geschmeichelt nicke ich und schwebe wie auf Wolken in meinen Luxus-Pumps mit den roten Sohlen durch den Laden. Leider holt mich Vesna mit einem *»wir wollten doch noch in den Silbergarten«* wieder in die Wirklichkeit zurück, sie hat mittlerweile mit der Kreditkarte ihre Schuhe bezahlt und trägt zwei große pinkfarbene Tüten am Arm.

»Und, welches Paar darf's denn sein?« Die Verkäuferin guckt mich erwartungsvoll an.

»Äh …« Irritiert gucke ich Vesna an.

Wie komme ich aus dieser Nummer jetzt bloß raus?!

»Für heute leider keins, wir stellen gerade erst das Styling für den Presseball zusammen«, antwortet Vesna rasch, greift nach unseren Tüten und zieht mich nach draußen. Dort sagt sie zu mir: »Sorry Sina, ich wollte dich nicht in Verlegenheit bringen. Für mich ist das so normal, weißt du … tut mir leid.« Sie schaut mich treuherzig an. Ich schlucke einen Kloß im Hals hinunter. Dabei sind meine Eltern wahrlich nicht arm. Haben ein eigenes Haus, ein großes Auto, finanzieren zweimal Urlaub im Jahr und meine Hobbys. Aber meine Mutter käme nie, niemals auf die Idee, sich ein Paar Schuhe für über dreihundert Euro zu kaufen, auch wenn sie spätestens seit *Sex and the City Teil 2* weiß, dass man Manolo Blahnik nicht bei Deichmann kaufen kann und diese Schuhe der Traum aller Frauen sind.

»Ich kenne da einen guten Secondhandladen«, meint Vesna jetzt, während wir weiterlaufen, an der Auslage vom Silbergarten vorbei. »Da kosten Louboutins, Prada oder Blahniks nur ein Bruchteil dessen.«

»Der Teufel trägt Prada, oder was?! Ach, lass gut sein«, wehre ich ab, »ist schon okay.« Mir ist der Spaß gründlich vergangen, ich fühle mich deprimiert wie damals, als ich mit den Edlen nicht mithalten konnte.

»Jetzt bist du sauer ...«

»Nee, bin ich nicht, nur realistisch.« Muffelig laufe ich weiter. Spaßbremse. Vernunftbeule. Ratgebertante vom Dienst, schießt es mir durch den Kopf. Abrupt bleibe ich stehen. »Ist halt nicht meine Kragenweite, sorry, ich habe das schon mal durch«, sage ich und fühle mich so erwachsen wie nie, dabei werde ich erst in ein paar Wochen fünfzehn. »Ich finde das total klasse und könnte noch ewig mit dir shoppen gehen, aber nicht in diesen Designer-Läden, dafür fehlt mir einfach das nötige Kleingeld.« Ich wedele mit meinen tausend Tüten auf und ab. Und dann plaudern wir noch eine Weile über Marken, Style und Mode, während mich Vesna in einen total gemütlichen Coffeeshop zu einem Maroni Moccacino mit Mandelflakes und Schokotopping einlädt. Ich erfahre eine Menge über den Modezirkus und seine Besonderheiten, über Trendsetter und Nachahmer und darüber, wie schwierig es ist, seinen eigenen Stil zu finden.

»Ausprobieren, du musst dich immer wieder ausprobieren«, sagt Vesna und schleckt die Schokosoße vom Löffel. »Es geht ja auch gar nicht darum, ob du dir das alles leisten kannst. Sondern um den Spaß dabei! Oder glaubst du, ich kaufe mir jeden Tag ein paar neue Jimmy Choos? Das war nur eine extrem gute

Gelegenheit, weil die Boots total günstig waren, normalerweise kosten die das Doppelte! Offensichtlich haben die in dem Laden keine Ahnung ...«

»Du meinst, du hast ein Schnäppchen gemacht?« Ich muss an meine Mutter denken, wenn sie freudestrahlend vom Shoppen nach Hause kommt und meinem Vater stolz von ihren Schnäppchen erzählt, weil sie an einer Kauf-3-Zahl-2-Aktion teilgenommen hat.

Schnäppchen – das Wort steht für Gewinn und Vorteil, manchmal auch auf Kosten anderer. Spätestens seit die »Geiz-ist-geil-Mentalität« hierzulande Einzug gehalten hat, vergleicht jeder auf billiger.de die Preise und hat nur ein Ziel vor Augen, nämlich so günstig einzukaufen wie irgend möglich. Ob das ersteigerte Produkt von guter Qualität ist oder ob der Preis nur durch Ausbeutung oder Kinderarbeit – oder eben durch Verlagerung der Produktion in Billiglohnländer und somit auf Kosten deutscher Arbeitsplätze – erreicht werden kann, wird ausgeblendet.

»Klar doch! Und morgen trage ich dazu meinen H-&-M-Minirock vom letzten Jahr, Dunjas Cashmir-Rolli von Dolce und dazu den Modeschmuck von Tchibo. Wetten, dass das alle für den letzten Pariser Chic halten und keinem auffällt, was echt oder unecht ist?« Sie guckt mich ernst an. »Es geht um die Kombi von Luxus- mit Normalo-Teilen, von Schickimicki mit Trash. Um deinen eigenen Style, den du dir aus DEINEN Klamotten zusammenmixt.«

Ich grinse Vesna an. Schon jetzt sehe ich sie vor mir, die bewundernden Blicke der anderen und wie Julia vor Neid grün wird. »Okay, überzeugt, ich habe verstanden. Ich brauche ein tolles Basic-Teil.« Schnell durchforste ich in Gedanken meinen Kleiderschrank nach einem geilen Non-plus-ultra-Stück. Fazit: Ich habe keins! Und genau das teile ich Vesna jetzt mit, Geldsorgen hin oder her.

»Dann besorgen wir dir eins! Wie wäre es mit einer supercoolen Jeans? Damit bist du immer angezogen! Ich kenne da einen genialen Laden ganz in der Nähe. Du wirst sehen, nichts geht über eine gut sitzende Jeans, das ist die beste Investition, die du machen kannst.«

Äh, Jeans?! Ich kenne nur die Theorie von wegen drei schwarze Röcke. Aber Jeans hört sich viel besser an!

Basic-Teile wie eine gut sitzende Hose bzw. drei »schwarze« Röcke (nämlich in Mini, Medium und Maxi) sind eine Investition wert, weil du sie bei jeder Gelegenheit einsetzen und entsprechend lässig, glamourös oder edel stylen kannst. Überlege also, wie du dir dein Klamottenbudget einteilst und was dir persönlich wichtig ist. Investierst du lieber in echten Schmuck oder lieber in Markenklamotten? Wie wichtig sind dir bestimmte Labels? Wechselst du ständig deinen Style oder trägst du auch mal Shirts vom letzten Jahr?

Feuer und Flamme von ihrer Idee springt sie sofort auf, wirft einen Zehn-Euro-Schein auf den Tisch, rafft sämtliche Tüten zusammen und zieht mich nach draußen, quer über die Straße. Drei Läden weiter stehen wir vor einer knallblauen Fassade mit einem Mini-Bullauge, das den Blick auf eine Barbie-Jeans freigibt. »Und hier findest du deine ultimative Traumjeans, versprochen!«

Ich will sie gerade fragen, ob das ein Onlineshop ist, da hat sie mich schon mitgezogen, eine schwere Eisentür geöffnet und eine Treppe hinuntergeführt. Keine Sekunde später befinden wir uns in einem gigantisch großen Kellergewölbe mit roten Samtvorhängen an den Wänden, stimmungsvoll mit Kerzen und Kronleuchtern ausgeleuchtet, jedoch mit Spotlights an den verschnörkelten Wandspiegeln. Wenn ich es nicht besser wüsste, würde ich denken, ich wäre bei Harry Potter in Hogwarts gelandet.

»Vesna! ¿Como estás?«

»Hola Jorge! ¿Qué tal?«, ruft Vesna freudig aus und umarmt einen dunkelhaarigen jungen Mann, Enrique in jung. Küsschen links, rechts, auch ich werde freudig begrüßt.

»Welch Überraschung! Wusste gar nicht, dass du auch im Lande bist!« Er zwinkert ihr zu und ich denke: Der lügt doch!

»Letzte Woche hat sich Grace hergetraut, ich habe ihr eine superschicke Vivienne-Westwood-Jeans für ihren süßen Po verkauft.« Jorge grinst breit, während er mit den Händen Grace` Rundungen nachfährt.

»Hab ich gesehen, die ist genial ... leider ist sie mir drei Nummern zu groß«, meint Vesna kokettierend, »aber ich habe ja meine von DKNY, mit der bin ich superglücklich.«

Fragend blicke ich zwischen den beiden hin und her. Hat Vesna was mit Jorge am Laufen? Ist sie wegen ihm hier? Oder will sie mir wirklich eine Jeans aussuchen?

»Sina, ich verspreche dir: Jorge findet DIE Jeans für dich, du willst nie wieder eine andere tragen, vergiss das Geld. Das ist die Investition deines Lebens, versprochen!« Vesna guckt mich auffordernd an, nach dem Motto »Komm, spiel mit, wir werden schon eine bezahlbare Jeans für dich finden«.

Für einen Moment kämpfe ich mit mir. Ich, Sina Rosenmüller, bin bodenständig, konservativ und brav erzogen und natürlich werde ich nie so ein Glamourgirl wie Vesna sein. Andererseits: Ein bisschen träumen davon darf ich ja wohl, oder? Und wenn ich ernsthaft Chancen auf eine Modelkarriere haben will, dann gehört eine Luxus-Edeljeans ja schließlich dazu! Was kann mir Schlimmeres passieren, als dass ich sie nicht bezahlen kann?!

»Also gut!«, sage ich. »Aber ich will lieber erst mal selber stöbern, schließlich ist es nicht meine erste Jeans!« Dass ich dabei unauffällig die Preisschilder checken will, verschweige ich lieber. Außerdem habe ich Schiss, etwas gegen meinen Willen aufgedrückt zu bekommen, wie neulich, als ich den Pulli in der falschen Farbe gekauft habe, weil mir die Verkäuferin gut zugeredet hat.

Gute VerkäuferInnen erkennst du daran, dass sie ...

... dich fragen, zu welchem Anlass du
    das Kleidungsstück brauchst.

... wissen wollen, wie viel Geld du maximal ausgeben
    möchtest.

... dir verschiedene Modelle zeigen.

... dich in Ruhe durchprobieren lassen.

... dir nicht nach dem Mund reden.

... ihre ehrliche Meinung sagen (z. B. wenn die Hose
    zu eng ist oder dir die Farbe nicht steht).

... dir alle Größen zeigen.

... dir ein gutes Gefühl vermitteln.

»Wenn du meinst ...« Jorge guckt beleidigt. »Die Modelle siehst du dort in der Galerie, die Größe sucht dir Mika gerne heraus.« Er nickt einem spargeldünnen Mädchen zu, die aussieht, als falle sie jeden Moment aus ihren Overknee-Stiefeln, ihre dunklen Augen liegen in tiefen Höhlen.

Also stöbere ich in aller Seelenruhe durch die verschiedenen Modelle, während es sich Vesna und Jorge weiter hinten im Laden mit einem Glas Prosecco auf dem Plüschsofa gemütlich machen.

Die Waschungen sind völlig verrückt (Vintage Blue Light, Dark Tint Mandarin, Camouflage-Waschung mit Used-Effekt, irgendwann blicke ich nicht mehr durch), die Stylings wie vom Laufsteg. Ich meine, an zerrissene Stoffe und abgewetzte Nähte hat man sich inzwischen ja gewöhnt (und Mama auch), aber nicht, dass sie mit schwarzer Spitze hinterlegt sind ... Und welchen Schnitt nehme ich? Boot-Cut geht immer, denke ich, wenn ich mir schon ein Basic-Teil aussuchen soll. Aber die Slim-Modelle finde ich auch klasse.

»Guck mal bei 7 for all Mankind«, ruft Jorge jetzt zu mir herüber, »oder die William Rast ... von Rock & Republic lass lieber die Finger, die dürften weniger dein Style sein.«

Schnell hänge ich die Nora in Sacrafice Blue wieder zurück neben Marisa in Injustice Blue und greife nach einer William Rast ultraskinny Mid-Stardust. Die sieht einfach nur cool aus! Oder nehme ich lieber Cocco Skinny? Mika verfolgt meine Bewegungen mit einem skeptischen Blick, dann nickt sie mir zu und schiebt mich hinter einen Paravent. Keine drei Minuten später ist sie wieder zurück und drückt mir genervt drei verschiedene Jeansmodelle in den Arm. »Hier, probier mal die. Mit irgendwas musst du ja mal anfangen.«

Irre ich mich oder funkeln ihre Augen fies dabei, während sie das sagt? Als ich mich vergeblich in eine Röhrenjeans quäle, weiß ich auch, warum. Ich passe zwar irgendwie hinein und auch die Knöpfe gehen zu, aber schon jetzt bleibt mir die Luft weg. Am liebsten würde ich sie sofort wieder ausziehen, denn als ich an mir hinuntergucke, weiß ich: Ich sehe darin quallig fett aus wie Melanie aus meiner Klasse. Riesenfrust macht sich in mir breit, okay, habe verstanden: ab sofort weder Chips noch Gummibären, dafür dreimal täglich Power-Work-out und jede Menge Kräutertee.

»Komm, zeig dich endlich«, höre ich Vesna draußen rufen, »das gehört dazu!«

Also mache ich gute Miene zum bösen Spiel, straffe die Schultern und marschiere auf dem schmalen Teppich zu einem der großen Spiegel, auch wenn mir die Luft wegbleibt. Mir ist schwindelig vor lauter Luftanhalten, hoffentlich machen die Nähte das mit.

»Oh no«, ruft Jorge und guckt Mika missbilligend an. »Das ist ja wohl nicht die passende Größe!«

Size 0 ist nicht das Maß aller Dinge. Das tragen nur Magermodels oder extrem dünne und junge Mädchen. Noch mal: Alle Mädchen und Frauen sind unterschiedlich gebaut, je nach Veranlagung und Ernährung mit breiten oder schmalen Hüften, mit dicken oder dünnen Waden, mit Bäuchlein oder ohne, groß, klein, kräftig, zierlich ... Es gibt keine Norm! Lass dich nicht in eine zwingen, schließlich bist du keine EU-Gurke und auch kein DIN-A4-Papier.

»Wer passt schon in Size 0!!!«, ruft Vesna wütend. »Mach doch nicht so 'nen Scheiß, Mika! Nur weil du eins an der Klatsche hast und dich so heruntergehungert hast, dass dich alle als Magermodel ablehnen, musst du Sina nicht eins auswischen, die ist nämlich voll okay!«

So findest du die passende Jeansgröße für dich! Die Angaben auf dem Schild beziehen sich jeweils auf deine Kleidergröße bzw. Beinlänge, 26/32 bedeutet z. B. Kleidergröße 34 und normal lange Beine. Überlege dir vorher, zu welchen Schuhen du die Jeans tragen willst. Hast du vor, sie mit High Heels zu kombinieren, musst du mindestens eine Größe länger nehmen als bei der Kombination mit Sneakers oder Ballerinas. Tipp: 7/8-Hosen kann man zu jedem Schuh tragen.

Mädchen Umrechnungstabelle

Mädchen	24	25	26	27	28	29	30	31	32	33	34
Deutsche Konfektionsgrößen	32	34 S	34	36 S	36	38	40 S	40	42 S	42	44

Schrittlängen 28 ca.	72-75cm	für Mädchen mit sehr kurzen Beinen	
(Innenlängen) 30 ca.	72-75cm	für Mädchen mit kurzen Beinen	
32 ca.	72-75cm	für Mädchen mit normaler Konfektionsgröße	
34 ca.	72-75cm	für Mädchen mit langen Beinen	
36 ca.	72-75cm	für Mädchen mit sehr langen Beinen	

Jorge seufzt und schüttelt missbilligend den Kopf. Dann verschwindet er selbst und bringt kurz darauf mindestens zehn Jeanshosen mit. »So«, sagt er entschieden, »und die probierst du jetzt bitte alle mal durch, das sind verschiedene Schnitte, die gibt es noch in anderen Waschungen, aber teste doch erst mal den Style.« Er führt mich zurück hinter den Paravent, wo ich endlich den Knopf an meiner Jeans öffne, glücklicherweise ist der Reißverschluss nicht gekracht.

»Geil, eine Blessed & Cursed«, ruft Vesna entzückt, »die muss ich auch haben!«

»Ist nicht dein Style«, meint Jorge, »aber wenn du meinst.« Wieder zieht er ab, diesmal hat er noch mal so viele Hosen dabei, als er zurückkommt.

Und dann probieren Vesna und ich uns durch die Jeansberge, kritisch kommentiert von Jorge, der den Sitz an Popo, Hüften, Oberschenkel und Wade checkt, zickig beäugt von Mika, die die aussortierten Hosen wieder ordentlich zusammenlegen muss und demonstrativ davonstakst, sobald sie einen Stapel fertig hat.

Keine Ahnung, wie lange wir zugange sind, ich lerne an diesem Nachmittag eine Menge über unterschiedliche Schnitte, Figuren, Marken und Styles.

> Ich bin doch keine EU-Gurke,
> die in eine vorgefertigte Norm-Jeans hineinpasst!
> Ich bin Sina und brauche eine Sina-Jeans!!!!!!!

Wir lachen, nippen Prosecco, kneifen uns gegenseitig in die »Speckröllchen«, wenn sie über einen zu engen Hosenbund herausquellen. Jorge flirtet mit Vesna und Vesna mit Jorge, während Mika schweigsam und mies gelaunt aufräumt und ich glücklich von einer coolen Jeans in die noch coolere steige.

Schließlich lande ich in einer ultrageilen 7/8-Röhre mit gerafften Bündchen im Used-wash-Look von William Rast, eben nicht Size 0, sondern in meiner Sina-Größe.

> Die Jeans ist ein Traum – mit einem traumhaften Preis!

So findest du die passende Jeans für dich:
Für **Mädchen mit Bauch:** Hoher Bund oder Stretch-Jeans. Bloß keine Rettungsringe über der Hüftjeans!
Für **Mädchen mit kräftigen Beinen:** Ausgestellte Form mit Bügelfalte, Boot-Cut oder Boyfriend-Style, dark denim macht schlank. Bloß keine Röhrenjeans!

Für **Mädchen mit schlanken Beinen:** Röhrenjeans oder 7/8-Jeans.

Für **Mädchen mit tollem Po:** Five-Pocket-Jeans und Stickereien. Bloß nicht ohne Taschen.

Für **Mädchen mit kurzen Beinen:** Jeans mit hohem Bund und weiten Beinen, auch Bügelfalten oder extralange Säume. Bloß keine 7/8-Jeans tragen!

Für **Mädchen mit wenig Taille:** Boyfriend-Jeans, Boot-Cut-Hosen und weite, hoch geschnittene Styles. Schmale Miederbund-Modelle stehen vor allem schlanken Mädchen. Bloß keine röhrenschmale Hüftjeans, denn sie betonen die gerade Silhouette.

Für **Mädchen mit breiten Hüften:** Boyfriend- oder Boot-Cut-Hosen, streckende Bügelfalten – und 7/8-Hosen, die die Fesseln hervorblitzen lassen und einen neuen Schwerpunkt setzen. Bloß keine hellen Waschungen – auch dicker Denim trägt auf.

Für **Mädchen mit flachem Po:** Hosen mit niedrigem Bund (z. B. Boot-Cut) und schräg aufgesetzten, reich verzierten Taschen heben den Po. Taschenklappen und Blasebalgtaschen sorgen ebenfalls für eine Portion Extravolumen. Bloß keine schmalen High-Waist-Hosen und/oder weit auseinanderstehende Gesäßtaschen, denn sie lassen den Po größer und darum noch flächiger wirken.

Für **Mädchen mit Po:** Boot-Cut-Schnitte und Boyfriend-Cut mit breiter Hüftpasse und nicht zu großen, mittig platzierten Gesäßtaschen. Bloß keine Hosen mit ausgeblichener Rückseite und röhrenschmale Styles mit Miederbund.

Mein Blick fällt auf das Preisschild und ich stoße einen lauten Seufzer aus.

»Hey, guck nicht so«, meint Vesna, als ob sie meine Gedanken erraten hätte. »Ich spreche mal mit Grace … vielleicht spendiert sie dir die als Vorschuss.« Sie grinst mich an, zückt ihr Handy und dreht sich weg. Sie selbst hat sich nach etlichem Rein und Raus dann doch für einen knappen Jeansrock von True Religion entschieden.

»Das wäre toll«, seufze ich und drehe mich vor dem Spiegel hin und her. »Die kannst du zu vielen Anlässen tragen«, meint Jorge, der hinter mich getreten ist. »Mit Ballerinas oder mit High Heels, lässig oder edel, mit der bist du immer gut angezogen. Glaube mir, solch eine Jeans ist die beste Investition, die du machen kannst.« Er lächelt mich an und ich glaube ihm jedes Wort. Schon jetzt bin ich ganz verliebt in meinen Look, nicht zu vergleichen mit den Normalo-Langeweiler-Jeans, die ich sonst so trage.

Und das Beste dabei ist, ich fühle mich trotzdem wie Sina!

In diesem Moment werde ich von Vesna stürmisch umarmt. »Stell dir vor, ich habe den Auftrag für Miu Miu! Von wegen, ich habe nur Chancen als Körperteilmodel oder als Zwillingshälfte und nicht als Vesna Garling! Das ist mein Durchbruch!« Jubelnd fällt sie mir um den Hals, dann küsst sie Jorge und Jorge küsst sie. »Nächste Woche geht's los, da wirst du mir die Hausaufgaben nachliefern müssen.« Vesna guckt mich treuherzig an. »Das tust du doch, oder? Auf Dunja kann ich da nicht bauen.«

»Na klar!«, freue ich mich für sie und falle in ihren Freudentanz mit ein, zumal Grace offensichtlich grünes Licht zum Jeanskaufen gegeben hat.

Glücklich schlafe ich an jenem Abend ein, den Kopf voll mit Labeln und Eindrücken. Die Jeans habe ich unter mein Kopfkissen gelegt. Wundert es jemanden, dass ich in dieser Nacht von mir als Model in Paris träume?

Weil ich ein Mädchen bin

Mama ist wie verändert. War sie vorher schon der ganzen Geschichte mit Grace und der Bewerbung als Model gegenüber sehr aufgeschlossen gewesen, scheint sie jetzt selbst mitmachen zu wollen. Sie pflegt ihre Haut plötzlich mit Ampullen und Masken, geht regelmäßig walken und zu Pilates und wählt sorgsam ihr Outfit. Sogar ihre »blonden« Haare trägt sie zum Pferdeschwanz gebunden wie Grace!

Durch die Hormonumstellung kann sich bei Frauen, die Kinder geboren haben, die Haarfarbe verändern: Blonde Haare werden plötzlich dunkel. Da Blond in unserer Gesellschaft als Merkmal der Jugendlichkeit und Attraktivität gilt, helfen viele Frauen und Mädchen nach und färben ihre Haare – blond. Rund ein Drittel aller Frauen in Europa färben ihre Haare, weil sie mit ihrer eigenen Haarfarbe unzufrieden sind.

Während ich bei Jorge die geilste Jeans der Welt gekauft (bekommen ☺) habe, war sie ebenfalls shoppen. Ich hatte überhaupt keine Chance, ihr stolz meine Errungenschaften zu präsentieren, geschweige ihr das Cocos-Luxus-Peeling zu schenken, denn sie selbst zückte jede Menge Einkaufstüten und zog ein modischeres Teil nach dem anderen heraus. Von wegen Tacco und Deichmann! Den Schildern nach zu urteilen, hatte sich Mama echt was gegönnt: Cambio, Vera Mont, Gerry Weber, Betty Barclay, schicke Sachen, muss man ihr lassen, vor allem die fliederfarbene Blümchen-Tunika und der himmelblaue Rolli mit der Schleife stehen ihr erstklassig. Und dass sie mit ihren Mitte vierzig noch einen kessen Karorock tragen kann … selbst Papa hat sie verzaubert, der megastolz auf seine attraktive Frau ist.

Shocking war dann aber, als sie an jenem Abend stolz ein bunt gemustertes Kleid von Desigual vorgeführt hat, mit schwingendem Rock und großen Flatterfransen. Eigentlich ist dieses Label ja total angesagt, aber bei ihr sah das irgendwie richtig bieder aus, wie bei den alten Omis, die auch immer diese floralen Drucke tragen. Das habe ich natürlich nicht gesagt, sondern sie für ihren guten Geschmack gelobt (und gehofft, dass ich das Teil mal anziehen darf, bei mir sähe es nämlich garantiert hundertmal schärfer aus!). Was mir dann allerdings vollends die Sprache verschlug, war, als Mama mir dann eine Tunika schenkte, in Quietschrosa und mit weißen Spitzensäumen, von S. Oliver, immerhin.

Hey, aus dem Rosa-Alter bin ich doch längst draußen!!!

Weil ich so gute Laune hatte, habe ich es nicht übers Herz gebracht, sie zu enttäuschen, und mich trotzdem bedankt; jetzt hängt das Babyteil hinten in meinem Kleiderschrank und wartet auf die nächstbeste Gelegenheit, möglichst unauffällig in den Altkleidersack zu wandern.

Überhaupt scheint meine Mutter seit Neuestem einen Rosafimmel zu haben: Egal, was sie anschafft, immer ist es verschnörkelt, verkitscht und hat einen Hauch von Rosa. Es ist, als wollte sie wieder ein junges Mädchen sein, mit allem Drum und Dran, dynamisch, schlank, natürlich blond und faltenfrei. Dafür tut sie dann auch einiges, knabbert Rohkost und verzichtet auf ihre heiß geliebte Latte. Sie ist nicht wiederzuerkennen, meine gestresste, genervte, sich nur um Leon kümmernde Mutter: Seit Neuestem hat sie sich der allerbesten Laune verschrieben, kreiert die leckersten Gerichte, ist ständig auf Achse und wirkt um zehn Jahre jünger.

Es ist aktuell sehr schwer geworden, in Würde zu altern! Durften früher ältere Menschen stolz auf ihre Lebenserfahrung und ihre Falten sein, machen sie heute auf jung und verstecken akribisch jedes graue Haar. Väter sind so cool und aktiv wie ihre Söhne, Mütter mädchenhaft schlank wie ihre Töchter, sie tragen lange blonde Haare und enge Markenklamotten. Beschleunigt durch die Bilder in den Medien, werden sämtliche Möglichkeiten von Lifting, Schönheits-OP und Haarefärben ausgeschöpft und die natürlichen Alterungsprozesse des Körpers verleugnet.

Ich warte nur noch darauf, dass sie mich als Nächstes fragt, ob wir gemeinsam in die Disco oder zum Friseur gehen wollen … Papa, der natürlich stolz auf seine attraktive »junge« Frau ist, hat schon aus Spaß gefragt, ob sie womöglich einen jüngeren Lover hätte, woraufhin Mama vor Empörung beinahe geplatzt wäre. »Ich tue das für mich und weil ich mich gut damit fühle«, hat sie geschnaubt. »Dafür brauche ich keinen Mann!« Was Papa auch als Antwort nicht passend fand, denn prompt hat er über ihr »Emanzengezicke« abgelästert. Da habe ich mich lieber aus der Diskussion ausgeklinkt und bin auf mein Zimmer verschwunden, wo ich in meiner neuen Jeans den Catwalk mit einem Buch auf dem Kopf geübt habe …

Als ich heute in die Schule komme, bleibt mir vor Schreck die Spucke weg: Jolina hat sich wieder einmal selbst übertroffen! Schon am Eingang fängt mich eine völlig entsetzte Julia ab.

»Was denkt die sich eigentlich?«, ruft sie empört und deutet Richtung Jolina, die in aller Seelenruhe bei spätherbstlichen Temperaturen im Maxi-Mini und Strapsen sowie in schwindelerregend hohen Overknee-Stiefeln über den Schulhof stakst. Dem dicken Fellbolero nach zu urteilen, trägt sie darunter sicherlich nur eine winzige Korsage ...

Sexyness gehört heute zum weiblichen Selbstbild – vermittelt durch Werbung und Popstars. Mädchen und Frauen überzeichnen ihre eigene Weiblichkeit, spielen damit, indem sie extrem kurze Röcke, enge Tops und hohe Schuhe tragen. Einerseits um allseits zu gefallen und akzeptiert zu werden, andererseits um ihre eigene Rolle innerhalb der medialen Gesellschaft zu finden. Übersehen wird dabei, dass an sich überkommene »typisch« weibliche Rollenbilder auf diese Weise neu belebt und unkritisch übernommen werden. Beispielsweise, wenn halb nackte Mädchen Rapper umgarnen, blondierte Frauen für Autowerbung herhalten oder Netzstrumpfhosen plötzlich als modern gelten. Dabei senden dieses Verhalten und diese Kleidung eindeutige Signale: Mädchen »dienen« dem Mann, machen heiß, regen zum Kaufen an und zeigen Bein, obwohl sie alles andere als käuflich und nur auf Sex aus sind. Kurzum: So ein vermeintlich lustiger, sexy Auftritt kann ruck, zuck eine gar nicht beabsichtigte Wirkung haben: Die Frau macht sich durch dieses passive Verhalten zum Objekt, auf das männliche (und mediale) Begierden übertragen werden.

»Na ja, ich denke, sie spielt Lady Gaga«, grinse ich. »Komm, mach dir nicht ins Hemd, du kennst doch Jolina! Die ist doch immer für Überraschungen gut, deswegen mögen wir sie doch so gerne.«

»Aber nicht, wenn sie hier so nuttig wie im Porno rumläuft«, zickt Julia weiter und ich frage mich, warum sie so ehrpusselig drauf ist. Es gab mal Zeiten, da war sie mit Jolina ziemlich dicke und hat selbst gerne Miniröcke und knappe Tops getragen. Aber seit ihre große Schwester Ashley wegen Drogenproblemen in Therapie ist und bei Püttners seit geraumer Zeit der Haussegen schief hängt, hat sie sich vollkommener Biederkeit verschrieben. Julia trägt gerne weiße Sachen mit langen Perlenketten, dabei war sie früher diejenige von uns, die am liebsten rosa Ringelpullis und Glitzersandalen trug. Auch Kleo stand zu Grundschulzeiten voll auf Rosa, ich erinnere mich noch gut daran, wie wir sie immer mit Prinzessin Rosaringel aufgezogen haben, weil sie ja diese feste Naturkrause auf dem Kopf hat. Aber das ist längst Geschichte, heute trägt Kleo nur noch Schwarz in Schwarz und raspelkurze Haare.

»Also, ich find's geil!«, ruft Sebastian aus meiner Klasse, »oder, Yannis, was meinst du? Jolina kann sich das wenigstens leisten …«, fügt er dann noch mit Blick auf die fette Melanie hinzu, die gelangweilt neben uns den Flur entlangschlurft.

»Supercool«, meint auch Vesna und Yannis, der seine Haare zurückgegelt hat, klatscht Beifall. Er scheint es wirklich ernst zu meinen mit seiner Karriere als Dressman, zumindest hat er seine praktische Softshell-Jacke gegen eine karierte Fenchurch eingetauscht und trägt eine lässige Jeans von Carhartt. Als er mir später im Klassenraum gegenübersitzt, bemerke ich, dass heute sein Shirt über der Brust spannt. Trainiert er jetzt womöglich auch noch für einen Sixpack? Als ob er meinen fragenden Blick bemerkt hätte, lässt Yannis zur Antwort seinen Bizeps spielen. Und ich beginne während des Französischunterrichts, von Yannis als Wäschemodel zu träumen, bis mich Frau Müller-Rochefoucauld mit einem spitzen *»So sitzt du nicht in meinen Unterricht!«* aus meinen Fantasien reißt. Zum Glück meint sie nicht mich, sondern Jolina, und schickt die doch glatt zum Umziehen nach Hause! Offensichtlich war Jolina in ihrem sexy Outfit (ohne Fellbolero!) zum Vokabelnanschreiben nach vorne gerufen worden, begleitet von Gejohle und Gepfeife seitens der Jungs.

Jolina zieht sich feixend wieder ihre Jacke über, offensichtlich ist ihr Plan aufgegangen. Ich zucke mit den Schultern und grinse sie an, bin gespannt, was sie morgen trägt, wenn sie in die Schule kommt.

Die Tuszynski ist es, die mit uns später eine »offene Stunde« macht und über den Vorfall spricht. Jolina ist mittlerweile im hochgeschlossenen Leoparden-Overall an ihren Platz zurückgekehrt.

»War doch nur Spaß, ich habe mir nichts dabei gedacht«, versucht sie, die Sache herunterzuspielen, als sie von unserer Klassenlehrerin zur Rede gestellt wird. »Das wissen Sie doch, ich trage immer solch verrückte Kleider.«

»Weiß ich, Jolina, aber es kommt darauf an, welche Signale du damit sendest.« Die Tuszynski guckt sie ernst an. »Oder ist dir das etwa egal, wenn dich jemand für eine Schlampe hält?«

Wow, ich halte die Luft an. Das ist ja ein starkes Stück! So deutlich hat sich das bisher noch niemand zu sagen getraut!

Jolina schnappt hörbar nach Luft. »Das muss ich mir echt nicht bieten lassen«, faucht sie und ich merke, es ist höchste Zeit, mich einzumischen. Schließlich weiß ich, seitdem ich sie seinerzeit bei Patricia getroffen habe, hundertpro, dass unsere gepflegte Deutschlehrerin auch gerne Spitzendessous trägt, soll sie doch mal nicht so scheinheilig tun!

»Lass dich nicht provozieren, Jolina«, sage ich laut und stehe auf, »wir wissen alle, dass du in Ordnung bist!« Ein paar aus der Klasse nicken und murmeln Beifall, darunter Sebastian, der mal was mit Jolina hatte.

»Entschuldige, Jolina, so war es natürlich nicht gemeint«, kommt es beschwichtigend von Frau Tuszynski. »Aber denke doch mal darüber nach, wie so ein Outfit rüberkommt! Und wer so was trägt!«

»Alle!«, antwortet Jolina prompt. »Schauen Sie sich doch mal die Videoclips auf MTV an! Oder laufen Sie mal durch die Fußgängerzone, da tragen viele Mädchen Mini und High Heels zu Netzstrümpfen! Und diese Korsage war nicht von Beate Uhse, sondern von H & M!«

Erwachsene reden gerne von der **»Generation Porno«,** dabei ist erwiesen, dass Jugendliche von heute nicht mehr und nicht früher Sex haben als die Generationen zuvor. Natürlich ist die körperliche Freizügigkeit in den Medien offener denn je, kaum ein Film ohne eine Sex-Szene, kaum eine Werbung ohne nackte Körperteile und Anzüglichkeiten. Entsprechend ist auch die Mode frecher geworden. Netzstrümpfe und rote Pumps haben ihre Eindeutigkeit als »Arbeitskleidung« von Prostituierten verloren, auch wenn sie von vielen Erwachsenen (und vor allem Männern!) immer noch so interpretiert werden.

Einige Jungs fangen an zu kichern, Anton Pickelface läuft knallrot an und ruckelt unruhig auf seinem Stuhl hin und her.

»Wir ziehen uns so an, um schön zu sein«, mischt sich jetzt Vesna ein, die sich die ganze Zeit über aus dieser Modediskussion herausgehalten hat. »Weil wir uns in diesen verschiedenen Styles gefallen, weil wir ausprobieren wollen, was zu uns passt … weil es einfach Spaß macht!«

»Stimmt«, bekommt sie Beistand von Milli, die einen eher sportlichen Stil pflegt, aber immer so tipptopp zurechtgemacht ist, dass es wieder lässig wirkt, »ich bin da doch nicht festgelegt und trage also nicht jeden Tag dieselben Klamotten!«

»Und früher haben wir als kleine Mädchen auch immer Verkleiden gespielt«, sagt Kleo und grinst mich an. Klar, auch sie erinnert sich gerne an unsere Prinzessin-Simtitti-Zeit: Mit Perücken, Schärpe, Lippenstift und jeder Menge Perlenketten haben wir wunderschöne Nachmittage verbracht – und hinterher gab es die leckeren Zimtwaffeln von Kleos Mutter.

»Außerdem kann man so in verschiedene Rollen schlüpfen«, macht Jolina weiter. »Also, für mich ist das ein Spiel … und ich falle nun mal gerne auf! Aber deswegen bin ich noch lange keine Schlampe!« Wütend funkelt sie die Tuszynski an.

»Aber du legst es doch darauf an und hast ständig neue Typen«, piepst unsere Streberin Alexandra dazwischen und jetzt ist es unsere Lehrerin, die rote Ohren bekommt. So hat sie das mit offener Stunde sicherlich nicht gemeint. Aber Jolina reagiert erstaunlich cool. Grinsend dreht sie sich zu Alexandra um.

»Ei, was hast du denn für schmutzige Fantasien, Süße? Tsss …«

Zum Glück erlöst uns die Klingel von weiteren Peinlichkeiten. War das jetzt pädagogisch wertvoll?, frage ich mich. Was wollte die Tuszynski damit bezwecken, außer dass Jolina jetzt von allen bedrängt wird?

Schlampe ist eine abwertende Bezeichnung für ein (nach-) lässiges Mädchen, das fast jeden Kerl herumkriegt und in ihr Bett zieht. Äußerlich, und hier sind ganz klar Klischees im Spiel, gelten bestimmte Merkmale wie Minirock, Netzstrümpfe, rote Pumps und aufreizendes Verhalten als Zeichen. Kein Wunder, denn lange Zeit war dies die »Arbeitskleidung« von Huren, wie sie in einschlägigen Straßen und Etablissements anzutreffen sind, erst seit ein paar Jahren sind Mädchen und Frauen so selbstbewusst, dass sie auf diese Weise ihre Sexyness lustvoll inszenieren. Sei dir also bitte im Klaren darüber, welche Zeichen du signalisierst, wenn du mit diesen Stylings spielst. Vielleicht muss man auch ein Popstar sein, damit dieses Experiment aus Provokation und Mode gelingt.

»Komm, wir verziehen uns ans Ständchen«, rette ich sie und ziehe Jolina am Ärmel fort, gefolgt von Milli, Kleo und Julia.

»Du hast Nerven«, sagt Milli bewundernd zu Jolina. »Echt, dieser Piepsmaus hätte ich an deiner Stelle glatt eine gescheuert!«

»Tja, du«, antwortet Jolina. »Aber wo sie recht hat, hat sie recht. Ich knutsche ja gerne und habe immer mal wieder neue Freunde … und habe meinen Spaß beim Sex mit ihnen. Was ist denn daran so schlimm, hä?«

»Aber hast du nicht Angst um deinen guten Ruf?«, fragt Julia erschrocken.

Auch ich blicke sie irritiert an. Ich meine, ich gehe jetzt mit Yannis seit vielen Monaten und wir kuscheln und küssen und knutschen gerne miteinander. Aber Sex? Und dann noch gleich mit vielen Verschiedenen …

»Hey Mädels, jetzt tut doch nicht so, als hättet ihr alle einen Promise-Ring!« Milli schüttelt grinsend den Kopf und nickt Jolina vielsagend zu, nach dem Motto »Lass diesen Jungfrauen-

Klub ruhig quatschen, wir wissen es besser. Wir haben Lust an der Lust und tun nicht so, als sei Sex etwas Verbotenes«.

Finde ich ja auch, aber ich bin noch nicht so weit, die brizzligen Gefühle, die ich mit mir selbst habe, sind reine Privatsache!

»Ich finde es trotzdem nicht okay, dass du es mit jedem tust«, meint Julia achselzuckend.

»Und ich finde es nicht okay, dass du dich in meine Angelegenheiten hängst«, kontert Jolina fix. »Mach hier nicht einen auf Zicke und lass mich so, wie ich bin, okay?«

Woraufhin Julia ein »*Wirst schon sehen, was du davon hast*« murmelt und sich wegdreht. Kleo grinst nur und ich stehe bedröppelt da, weil ich nicht weiß, was ich sagen soll. Was habe ich nur für Freundinnen! Julia zickt rum, wo sie kann, Jolina springt mit jedem ins Bett und Kleo ernährt sich nur von Äpfeln und Zwieback. Sind Milli und ich denn die einzig Normalen?!

Zicke bedeutet erst mal, überspannt, launisch, eigensinnig sein, »Zickenalarm« meint abwertend den Streit zwischen Mädchen. An sich ist Eigensinn keine schlechte Eigenschaft und ein Charakter mit Profil auch nicht. Doch Mädchen machen sich oft gegenseitig vor lauter Eifersucht, Schönheitsstress und Neid das Leben schwer. Viele lästern hintenrum, sagen nicht die Wahrheit, anstatt offen und ehrlich miteinander umzugehen und Konflikte auszutragen.

Jolina schnauft belustigt auf, beißt in ihren Müsliriegel und fragt mich dann mit krümelsprühendem Mund: »Und was machen deine Model-Pläne? Ich habe da was läuten hören, dass du zielstrebig dabei bist, Karriere zu machen?« Sie betont Karriere in etwa so abfällig, wie vorhin Frau Tuszynski das Wort Schlampe benutzt hat.

»Stell dir vor: Ja, das tue ich«, verteidige ich mich und ärgere mich gleichzeitig darüber, dass ich mich von ihr in die Enge getrieben fühle. »Aber glaube bloß nicht, dass Modeln so easy wäre, da musst du ganz schön etwas tun.«

»Ach, das schaffst du schon, ehrgeizig, wie du bist«, meint Jolina leichthin und ich frage mich, was diese Bemerkung denn schon wieder soll. Klar bin ich ehrgeizig und zielstrebig, aber seit wann sind das schlechte Eigenschaften? Mittlerweile hat sie ihren Riegel aufgefuttert und das Papier zusammengeknäult in den Mülleimer geworfen.

»Jetzt gönn Sina doch den Spaß«, meint Milli versöhnlich. »Mein Ding wäre das auch nicht, aber wenn Sina Lust drauf hat, sich der Konkurrenz zu stellen … Der Wettbewerb in der Branche ist ja nicht ohne. Vor allem, weil sie nicht mit Kraft und Fäusten überzeugen muss oder mit ihrer Intelligenz, sondern allein durch ihre Schönheit, Figur und Auftreten, was, wie wir alle wissen, überhaupt nicht objektiv zu beurteilen ist. Und trotzdem muss sie Ellenbogen zeigen, wenn sie es schaffen will. In dem Metier geht es nicht mit mädchenhafter Zurückhaltung und Rücksichtnahme, wie uns unsere Mütter erzogen haben. Stimmt's?« Sie grinst mich aufmunternd an und ich lege ihr dankbar den Arm um die Schultern und drücke sie.

Wo sie recht hat, hat sie recht, denke ich, ein gewisse Zielstrebigkeit war schon immer meine Stärke. Ich finde, das ist eine gute Eigenschaft!

Spieglein, Spieglein

Mittlerweile haben wir längst Mitte November, es ist grieselig, trübe und grau und ich zähle die Tage, bis es wieder Frühling wird. Meinen fünfzehnten Geburtstag haben wir mit einer tollen Party gefeiert. Vesna, Dunja und Jolina haben alle mit ihrer Tanzlaune angesteckt und wir haben bis Mitternacht gerockt. Yannis war ganz cool an jenem Abend, black in black und mit zurückgegelten Haaren, ihm scheint sein Leben als potenzieller Dressman Spaß zu machen.

Der Süße hat mir einen Gutschein für eine Kosmetikerin geschenkt und mich gebeten, es nicht falsch zu verstehen, er wolle mir als Model zum Erfolg verhelfen.
Ich war ganz gerührt, dass er so viel Kohle für mich investiert und sich Gedanken darüber gemacht hat.

Alles wäre fein, würde nicht bei Familie Rosenmüller der Haussegen schief hängen. Nein, nicht weil Leon eine Vier in Mathe kassiert hat und Papa deswegen stinksauer ist. Auch nicht, weil ich mal wieder in Taschengeldnöten bin, nachdem ich auf Anraten von Vesna mein gesamtes Geburtstagsgeld unbedingt in Beauty-Must-haves wie Nagellack Chanel 509 für schlappe zweiundzwanzig Euro und Mascara Lash Queen Sexy Blacks von Rubinstein für einunddreißig Euro investiert habe.

> **Beauty-Must-haves** sind saisonal angesagte Produkte wie
> zum Beispiel eine bestimmte Nagellackfarbe, die Designer-
> Handtasche oder eine Jeansmarke ... In Modemagazinen
> wie Vogue, Madam oder Bazaar kannst du nachblättern, was
> wirklich in ist. Die Frage ist nur, ob es nicht cooler ist, wenn du
> deine eigenen Trends setzt ...

Nein, es ist Mama, die uns mit ihrem frisch erwachten Jugendwahn in den Wahnsinn treibt: Weil sämtliche Diäten und Sport-
programme dann doch aus ihr keine Zwanzigjährige machen,
hat sie Papa eines schönen Abends (zum Glück erst eine Woche
nach meiner Geburtstagsparty!) einen Kostenvoranschlag für
eine Schönheits-OP auf den Couchtisch gelegt.
»Was soll das sein, eine Lipisudoku? Für 4.589 Euro?«, ist Papa
aus allen Wolken gefallen.
»Liposuktion an Bauch, Po und Oberschenkeln, für eine straf-
fere Haut an den Problemzonen«, betete Mama wie auswendig
gelernt herunter. »Wird ambulant durchgeführt, danach trage
ich eine Woche Spezialunterwäsche, habe ein paar blaue Flecke
und nach vier Wochen spätestens sehe ich wieder so schlank
und rank aus, wie ich es früher einmal war!« Erwartungsvoll
hatte sie ihn angeschaut und ich habe mir in den Arm gekniffen, um herauszufinden, ob das wirklich die Worte MEINER
Mutter waren, die sonst gegen alles Künstliche wettert, bewusst zu ihrer Weiblichkeit stand und sich von den Medien
nicht verunsichern lassen wollte. Wieso nun plötzlich diese
neuen Töne?

> Bei einer Liposuktion werden die Fettzellen während einer OP
> entfernt. Die Kosten variieren je nach Aufwand und Methode
> zwischen 1.000 Euro für kleinere Eingriffe und mehr als 5.000

Euro für umfangreichere Modellierungen. Werden die Fettzellen in den behandelten Gebieten entfernt, kann sich da kein Fett mehr anlagern, jetzt wachsen bei Kalorienaufnahme nur die Fettzellen an den anderen Körperstellen. Wird also nicht gleichzeitig die Ernährung umgestellt, speichert der Körper weiterhin alle zu viel zugefügten Kalorien, nur woanders. Sind die Fettzellen am Po weg, nimmt er eben die am Kinn …

Mama meinte es wirklich ernst. Kein Lifting, kein Botox, sondern: Fettabsaugen.

»Matthias, versteh doch, es macht mich wirklich unglücklich. Überall diese Fettpolster an den Oberschenkeln und am Po, die sind einfach hartnäckig, die bekomme ich nicht weg. Und am Bauch hängt die Haut in Falten schlapp herum … Diät oder Fatburner, ich habe doch wirklich schon alles probiert!« Sie lächelte ihn entwaffnend an, keine Spur von Frust, wie ich es sonst bei ihr kenne, wenn sie über ihre Figur und ihr Aussehen jammert.

»Klar doch und als Nächstes willst du noch ein Busenlifting! Oder am Ende noch ein Implantat?« Papa schüttelte energisch den Kopf. »Das fass ich nicht an!«

»Machst du ja eh nicht mehr …«, rutschte es Mama heraus und diesmal hielt *ich* mir erschrocken die Hand vor den Mund.

Ich habe mich dann schnell auf mein Zimmer verkrümelt, weil mir das alles zu peinlich war. Mama und eine Schönheits-OP, das hätte ich nie im Leben von ihr erwartet! Wenn ich mit kritischen Augen vor dem Spiegel stand und an mir herumgezupft habe, hat sie mir immer wieder gesagt, welch hübsche Figur ich habe und dass ich ja noch im Wachstum bin. Und angesichts ihrer Bauchfalten und Dellen im Bein immer wieder gesagt, dass dies eben in der Natur der Frau läge. »Weißt du, Sina«, hat sie stets betont, wenn ich ihr aus Spaß in die Hängehaut an ihrem Schlabber-Bauch gekniffen habe, »ich habe drei glückliche Schwangerschaften durchlebt und riesige Kugelbäuche gehabt! Ich habe gesunde Kinder zur Welt gebracht und euch neun Monate gestillt, selbst Paul, und mit dem hatte ich es wahrlich nicht leicht. Da ist es doch kein Wunder, dass das nicht spurlos an meinem Körper vorbeigeht, oder? Das schaffen vielleicht Frauen wie Heidi Klum, die einen Personal Trainer haben und das nötige Kleingeld für entsprechende Operationen. Aber wir Normalo-Frauen müssen uns eben damit arrangieren. Da ist nix von wegen ›Baby entbunden, Pfunde verschwunden‹.«

Beinahe stolz hat sie mich dabei angesehen. Ich weiß, dass Mama permanent auf Diät gelebt hat, weil sie mit ihrer Figur unzufrieden war. Gleichzeitig fand ich es immer großartig, mit welchem Selbstverständnis sie zu ihrem faltigen Hängebusen stand, den sie einfach in Spitzen-BHs von Patrizia gesteckt hat. Wie sie klar zwischen all den sexy Mums im Fernsehen und denen in unserem Reihenhausalltag unterscheiden konnte. Aber offensichtlich war es doch nicht die Wahrheit, sonst würde sie jetzt nicht ernsthaft über ein Lifting nachdenken.

Schwanger, sexy, schön – diese Schlagzeilen liest man, wenn über Promifrauen und ihre Babybäuche berichtet wird. Perfekt in Szene gesetzt, erscheinen sie madonnenhaft schön und glücklich. Und nach der Schwangerschaft wieder rank und schlank wie nie, keine Spur von Dehnungsstreifen, Übergewicht, Restbauch oder Augenringen wegen Schlafmangel. Was das Ergebnis von strenger Diät, Schönheitschirugie und intensivem Training ist, stellt »normale« Frauen vor große Probleme. In der Regel verfügen diese nämlich nicht über das nötige Kleingeld, sich einen PersonalTrainer und Schönheits-OPs zu leisten, ganz zu schweigen von Kindermädchen und Haushälterinnen, die sich um Baby und Familie kümmern, während sich Mama bei der Kosmetikerin verwöhnen lässt oder Schönheitsschlaf hält. Lass dich von solchen Berichten nicht verunsichern und unter Druck setzen! Sie entsprechen nicht der Realität, sondern sind ein Konstrukt aus Medien, Selbstinszenierung und Schein. Es ist ein Ideal, das nur sehr wenige Menschen leben und finanzieren können und für alle anderen nicht erreichbar ist. Wir sind von Natur aus nun mal anders gestrickt, auch wenn in unserem Medienzeitalter unsere natürlichen biologischen Eigenschaften nicht mehr zu zählen scheinen.

Ich habe mich daraufhin nackt vor den Spiegel gestellt und meinen Körper ausführlich von oben bis unten gescannt. Ob meine Sina-Rosenmüller-Figur wirklich fürs Modeln taugt?! Oder sollte ich auch lieber mit ein paar kleinen Schönheitskorrekturen nachhelfen? Die Versuchung liegt ja nahe, zumal Mama das Prospekt der Lilienklinik mitten auf dem Küchentisch hat liegen lassen. Schmalere Hüften, runderer Busen ... seufzend studiere ich die Möglichkeiten. Und habe prompt Grace` ermahnende Stimme im Ohr, nur echt sei schön. Stimmt ja auch, seit ich regelmäßig Vesnas Model-Work-out[2] betreibe, habe ich ja tatsächlich eine straffere Figur und vor allem: ein tolles Körpergefühl!

Das ist voll anstrengend, so diszipliniert zu leben! Aber es lohnt sich ...

[2] Sinas Model-Work-out findest du auf Seite 150 ff.

Weil ich regelmäßig peele, creme und natürlich enthaare, besitze ich seidenglatte Streichelhaut und eine Top-Silhouette. Aber eben auch kräftige Oberschenkel (sportlich, wie Vesna sagt) und einen klumpigen Busen (weiblich, wie Yannis findet).

Natürlich ist mein Body nix gegen Muskelprotz Yannis, der sich nach seinem Gespräch mit Grace höchst motiviert einen ordentlichen Sixpack und straffe Muskeln antrainiert hat und es nicht unter zwanzig Liegestütze täglich macht. Gemeinsam gehen wir jetzt jeden Abend auf dem modernisierten Trimm-dich-Pfad am Main joggen, blättern uns in der Bibliothek durch die Hochglanzmagazine und geben uns gegenseitig die besten Ernährungs- und Pflegetipps für einen makellosen Körper – ohne Schönheits-OP und Crashdiät. Denn es geht im Model-Business darum, fit und gesund zu sein, das hat Grace mehrfach betont, und nicht darum, sich auf Teufel komm raus am gesamten Körper zu enthaaren, Tattoo-free zu sein oder sich gar noch die Schamlippen korrigieren zu lassen, wie sie angewidert erzählt hat. Und, hat sie mit ernstem Blick hinzugefügt, es ist ein Unterschied, ob ich als Künstler meinen Body performe, mich als Gesamtkunstwerk jeden Tag vor den Kameras in Szene setze und damit mein Geld verdiene. Oder ob ich als Lieschen Müller versuche, mich anzupassen, und ohne eine eigene Meinung und ohne einen individuellen Charakter zu haben, einem vermeintlichen Schönheitsideal hinterherlaufe, mein wahres Ich verleugne – was nur Frust bedeuten kann. Dennoch habe ich beschlossen, etwas für mich und mein Aussehen zu tun, schließlich will ich es als Model versuchen.

Ich bin richtig stolz auf meinen attraktiven Freund, auch wenn mich die schmachtenden Blicke der anderen Mädchen tierisch eifersüchtig machen. Zum Glück ist er nicht so veranlagt wie Malte, der ständig neue Freundinnen hat … Heute allerdings muss ich ihn in der Schule vor ihren Lästereien beschützen. Yannis sieht nämlich aus wie ein orange-braun angemalter Indianer, fehlen nur noch Feder und Tomahawk. Auf meine bestürzte Nachfrage hin, was um Himmels willen er denn gemacht habe, ernte ich ein zerknirschtes »Selbstbräuner getestet«. Dummerweise kann ich mir das Lachen jetzt doch nicht verkneifen und Yannis zischt beleidigt ab.

»Hihi, weißt du noch?! Wir sahen aus wie Streifenhörnchen!« Milli rempelt mich in die Seite. »Gut, dass Wochenende war.«

»Gut, dass deine Mutter diesen Rides Repair Polisher hatte und wir das Gröbste wegpeelen konnten«, erinnere ich mich grinsend. »Ob wir Yannis mal einen heißen Tipp geben?«

Hätte der mich mal bloß vorher gefragt, schließlich haben wir Mädchen in Sachen Schönheitspflege eindeutig einen Vorsprung!

Von klein auf wird Mädchen beigebracht, dass sie ohne Schminken und Stylen nicht schön genug sind – im Gegensatz zu Jungs, die von Natur aus »perfekt« zu sein scheinen und deshalb nicht diesem hausgemachten Beauty-Stress ausgesetzt sind. Achte einmal bewusst darauf, wie oft Mädchen wegen Äußerlichkeiten kritisiert oder ihnen umgekehrt Komplimente gemacht werden. Dauernd ist das Aussehen Thema, egal, ob positiv oder negativ. Kein Wunder, dass Mädchen sich daher ständig fragen, ob ihr Aussehen den Ansprüchen genügt. Das gilt bei aller Emanzipation auch für die erwachsenen Frauen, die zwar stark und selbstsicher auftreten, doch im Bezug auf ihren Körper sich als absolut mangelhaft empfinden (denn es hört ja laut Mädchen- und Frauenzeitschriften nie auf: Nach Pickeln kommen Cellulite, graue Haare und Falten ...).

Aber da war er wohl zu stolz dazu, immerhin ist es nicht allzu lange her, da hat er mich provozierend gefragt, ob er als Junge jetzt auch solch einen Beauty-Stress haben soll wie wir.

Warum machen wir Mädchen das eigentlich mit?

Und außerdem habe ich in Sachen Selbstbräuner inzwischen richtig gute Erfahrungen gesammelt. Weil Solarium ja hautschädlich und für uns Jugendliche sowieso verboten ist, gönne ich mir im Winter die Bräune eben aus der Tube.

Selbstbräuner für Gesicht und Körper gibt es von unterschiedlichen Marken zu unterschiedlichen Preisen. Lass dich in einer Parfümerie ausführlich beraten! Bevor du loslegst, beachte Folgendes:

● Für eine gleichmäßige Bräune mache vorher unbedingt ein Hautpeeling. Empfindliche Haut nur mit Handtuch abrubbeln.

● Vor der Anwendung nicht baden, das schwächt den Effekt.

● Dort, wo die Haut dicker ist, z. B. an Ellenbogen, Fersen oder auch an der Nagelhaut, kann es zu Verfärbungen kommen. Vorbeugend mit Bodylotion eincremen und danach, falls notwendig, gezielt mit Peeling bearbeiten.

● Brauen und Haaransatz mit einem feuchtem Kosmetiktuch nachwischen, der Wirkstoff tönt helle Härchen.

● Unmittelbar nach der Anwendung keine hellen Sachen tragen. Meistens gehen Verfärbungen jedoch beim Waschen raus.

● Selbstbräuner kann beliebig oft angewendet werden, bietet jedoch keinen UV-Schutz.

»Armer Yannis«, lästert Milli weiter, »dabei hat er echt alle Chancen, ein Topmodel zu werden … und du, hast du denn schon eine Antwort auf deine Bewerbungen?«

»Nee, noch nicht«, seufze ich, »morgen habe ich einen persönlichen Vorstellungstermin bei Vesnas Agentur. Aber ich bin mir unsicher, ob ich wirklich Chancen habe, ich meine, schau doch mal, wie toll sie aussieht. Und ich? Bei den Pickeln … Wenn ich mir bei meinen großen Poren eine Nahaufnahme vorstelle …«

»Meine Schwester ist ein Naturtalent, das hat sie von Grace geerbt«, mischt sich Dunja ein und drängelt sich zwischen uns, ein Stück Hefeschnecke in der Hand. »Das musste auch ich neidvoll anerkennen!« Sie grinst mich an. Ihre dunklen, wuscheligen Locken fallen in ihr ungeschminktes Gesicht. Sie könnte sich mal wieder die Augenbrauen zupfen, stelle ich fest, schäme mich aber sofort für diesen Gedanken. Warum sie plötzlich so freundlich tut, weiß ich nicht, offensichtlich hat sie keine Lust mehr, Spielverderberin zu sein, und hat eingesehen, dass ich es ernst meine. Oder ihre Mutter hat sie endlich freigegeben, denn längst ist nicht mehr die Rede davon, dass Dunja zu einem Shooting mitmuss. Stattdessen macht sie unseren Strebern Alexandra und Anton heftig Konkurrenz, lernt immer zwei Lektionen im Voraus und bringt Herrn Asselmeyer mit ihren Nachfragen zur Verzweiflung …

»Echt, Sina, überlege dir das gut, ob du das wirklich willst. Model zu sein, ist kein Spaziergang. Mal abgesehen von dem beruflichen Stress, hast du keine Privatsphäre und keine Freunde. Und ständig dieser Kampf mit dem Gewicht!«, sagt sie und beißt genussvoll in ihr süßes Teilchen. »Ich genieße es total, dass ich endlich essen kann, was ich will. Und nicht ständig Kalorien zählen und bewusst leben muss.«

Seufzend blicke ich sie an. Sie hat schon recht. Seit ich mir in den Kopf gesetzt habe, Model zu werden, achte ich viel mehr als früher auf meine Figur und meine Ernährung. Manchmal habe ich das Gefühl, ich bin bald so essgestört wie Kleo, weil ich ständig die Kalorien- und Nährwerttabelle in meinem Kopf befrage. Wenn ich mich auf unserem Schulhof so umgucke, scheinen Essstörungen wirklich ein großes Thema zu sein. Es gibt da einige Mädchen, die sehr mager wirken.

180

Über 10 % der Frauen und Mädchen geben zu, ein essgestörtes Verhalten an den Tag zu legen. Dabei gelten sie nicht als magersüchtig und auch nicht als bulimisch, sondern einfach als »Problemesser«: Sie zählen Kalorien, essen mit schlechtem Gewissen, finden sich zu dick, leben in ständiger Diät und können Essen nicht mehr genießen, weil sie einem bestimmten Schlankheitsideal folgen und nicht zufrieden mit sich und ihrem Körper sind.

51

Wenn auch du zu den Mädchen gehörst, die Stress mit ihrer Figur haben, mach dir Folgendes klar:

278

● Du hast von Natur aus eine bestimmte Konstitution, eine bestimmte Körperform, die sich im Laufe der Pubertät verändert.

406

● Dein Körper ist erst mit etwa zwanzig Jahren ausgewachsen und wird sich im Laufe deines Lebens immer wieder verändern.

● Besondere Lebensumstände (Stress, Schwangerschaft, Krankheit, Reisen) haben Einfluss auf deinen Körper.

196

32

● Ein gesunder Lebensstil (Ernährung, Sport) trägt dazu bei, dass du dich wohl in deiner Haut fühlst (egal, wie schwer du bist).

- Unterscheide bewusst zwischen »*Ich habe ein paar Kilo zu viel*« und ernsthaftem Übergewicht.
- Zwei bis drei Kilo verlierst du schnell, wenn du eine Zeit lang auf Süßigkeiten und fettreiches Essen verzichtest.
- Leidest du ernsthaft unter Übergewicht infolge von Fehlernährung, lass dich von einem Arzt beraten und stelle deine Ernährung konsequent um.

Mehr Informationen zum Thema Magersucht und Bulimie findest du zum Beispiel ausführlicher in »Meine Clique und ich« oder unter www.magersucht.de. Und ab Seite 121 dieses Buches kannst du mehr über gesunde Ernährung erfahren.

Andererseits: Was ist daran so schlimm, wenn ich gut für mich sorge und auf meine Ernährung achte? Ich nehme regelmäßig nicht mehr als fünf Mahlzeiten zu mir, esse viel frisches Obst und Gemüse, verzichte auf Eisbecher, Schokoshakes und Hamburger. Dafür trainiere ich regelmäßig und kümmere mich von morgens bis abends um mich und meinen Körper.

Das Ergebnis kann sich sehen lassen!!!

Dunja rempelt mich versöhnlich in die Seite. »Du machst das richtig gut, Sina! Aber wo bleibt der Spaß? Und die süßen Momente des Lebens?« Sie leckt sich den Zuckerguss von den Fingerspitzen. »Dieses Jahr werde ich während der Weihnachtszeit zum ersten Mal Butterplätzchen, Kokosmakronen und Vanillekipferl ohne Reue genießen, ich freu mich schon drauf.«

»Und ich zum ersten Mal auf Oma Doris' Christstollen verzichten …« Ich verziehe mein Gesicht und strecke Dunja die Zunge raus. »Okay, okay, ich habe verstanden, was du mir sagen willst. Aber trotzdem will ich wissen, ob ich wirklich eine Chance habe, wie Grace sagt. Und wenn es zum Modelbusiness dazugehört, einen fitten Körper zu haben, kümmere ich mich eben darum. Du weißt doch, wenn ich etwas mache, mache ich es gründlich!«

Was ich schon alles war: Pickelforscherin, Jungsforscherin … jetzt eben Körperforscherin!

Ein paar Tage später dann habe ich endlich mein Vorstellungsgespräch! Aufgeregt und in meiner coolen neuen Jeans mache ich mich auf den Weg. Wir haben vereinbart, dass ich alleine hingehe, ohne Grace und Vesna, damit ich wirklich zeigen kann, was in mir steckt. Aber Mama begleitet mich, sie möchte gerne wissen, mit wem ich es zu tun habe und ob es sich wirklich um eine seriöse Model-Agentur handelt. Papa hat nur den Kopf geschüttelt, uns aber ziehen lassen. Wahrscheinlich denkt er sich seinen Teil, zumal Mama nach wie vor von dieser »Schnapsidee von Schönheits-OP«, wie er es nennt, nicht abrückt. Grace hat ihn immerhin während ihres Gesprächs davon überzeugen können, dass sie einen seriösen Lebenswandel vollzogen hat und weit davon entfernt ist, mir Flausen in den Kopf zu setzen. Mama hat mir versprochen, sich im Hintergrund zu halten, weil mir die mütterliche Begleitung doch ein bisschen peinlich ist. Ich meine, immerhin bin ich schon 15!!! Aufgeregt warte ich dann in der Lounge mit den cremefarbenen Ledersesseln darauf, dass mich die Agenturchefin hereinbittet. Vor Ehrfurcht bleibt mir dann glatt die Spucke weg: Carmen Herrera ist mindestens sechzig, trägt einen grauen Bob und guckt mich freundlich mit kugelrunden Knopfaugen an. Gleichzeitig wirkt sie in ihrem dunkelgrünen Strickpulli und dem schwarzen Lederrock unglaublich elegant und reserviert, sodass ich unweigerlich in mir zusammenzucke.

> Will ich das wirklich, Model werden?
> Nur weil Vesna meint, ich hätte eine Chance
> und sähe hübsch aus?

Ein Vorstellungsgespräch ist IMMER deine große Chance! Damit es auch erfolgreich verläuft, beachte folgende Tipps:

Pünktlich sein

Pünktlichkeit ist für Models Pflicht, also keine Ausrede wie »Nicht gefunden« oder »Bus verpasst«. Kümmere dich um einen Stadtplan und rufe rechtzeitig an, sollte etwas Unvorhergesehenes dazwischenkommen.

Begleitpersonen

Wenn du unter achtzehn Jahre bist, solltest du mit einem Elternteil zum Bewerbungsgespräch erscheinen. Es spricht auch nichts dagegen, deine Freundin mitzunehmen, wenn du dich so sicherer fühlst.

Aussehen

Achte auf eine natürliche und gepflegte Erscheinung (frisch gewaschene Haare, saubere Fingernägel, gepflegte Hände). Verwende nur ein dezentes Make-up und ein bisschen Mascara und Lipgloss, damit die Agentur einen unverfälschten Eindruck von dir bzw. deiner Haut bekommt.

Outfit

Trage dein Lieblingsoutfit, egal welche Stilrichtung du bevorzugst. Denke daran, dass es weniger um ein seriöses als um ein modisches Auftreten geht, aber übertreibe nicht mit deinem Style. Wichtig ist auch, dass deine Kleidung sauber ist und du gut riechst (nicht zu viel Parfum und ein Tag vorher keinen Knoblauch!). Bitte trage keinen Push-up-BH, denn an diesem Tag werden deine Maße genommen und schließlich sollen diese unverfälscht sein.

Fotos

Zwei, drei Fotos von dir (Schnappschüsse, keine Profiaufnahmen) reichen für die erste Beurteilung durch die Agentur. Garantiert werden von dir bei dem Gespräch Fotos gemacht. Am besten übst du schon mal zu Hause, in welcher Pose und mit welcher Mimik.

Ablauf

Ein Bewerbungsgespräch dient dem gegenseitigen Kennenlernen. Dabei werden dir einige Fragen gestellt, um herauszufinden, wie geeignet du für den Job als Model bist, ob du eher schüchtern oder extrovertiert bist und warum du unbedingt Model werden möchtest. Überlege dir vorher, welche Fragen du an die Agentur hast. In der Regel informiert dich die Agentur ihrerseits über ihre Arbeitsabläufe und was dich im Falle von Aufträgen alles erwartet. So ein Gespräch dauert etwa eine halbe Stunde. Schalte dein Handy währenddessen unbedingt aus!

Vertrag

Meistens entscheidet sich die Agentur nicht sofort, denn üblicherweise berät sich das gesamte Team, ob es Nachwuchsmodels aufnimmt oder nicht, also ob dein Typ passt und ob du wohl bei Kunden ankommst. Sollte es sich während deines Bewerbungsgesprächs bereits ergeben, dass du in die Kartei aufgenommen werden sollst: Keep cool und unterschreibe nicht sofort! Eine seriöse Agentur lässt dir so oder so Zeit, einen Vertrag in Ruhe durchzulesen und mit nach Hause zu nehmen. Berate dich mit deinen Eltern und bei Unsicherheiten: nachfragen oder Hände weg.

Geschafft

Eine positive Mitteilung erhältst du meistens ein paar Tage später telefonisch. Dann geht's erst richtig los: Deine Agentur wird dich systematisch vom New Face zum Model hin aufbauen und dich hierfür intensiv betreuen und ausbilden. Dazu gehören auch deine ersten professionellen Fotos, erste kleine Aufträge zum Erfahrungensammeln und das Erstellen deiner ersten Sedcard.

Meine Fotos habe ich sicherheitshalber noch mal dabei, ebenso meine Liste mit Fragen, die ich gerne stellen möchte (u. a. was ich mache, wenn ich gebucht werde und gleichzeitig Schule habe). Als mich dann eine kleine, zierlich gebaute und dunkelhaarige Frau hereinruft, atme ich noch mal tief durch. Zu meiner Erleichterung entdecke ich Enrique am Tisch sitzen, uff, wenigstens ein bekanntes Gesicht. Bevor ich überhaupt etwas außer Hallo und Guten Tag sagen kann, kommt eine weitere, ziemlich hagere Gestalt dazu, bewaffnet mit einem Maßband. Darauf hatte mich Grace schon vorbereitet, sodass ich ziemlich gerade und entspannt dastehen kann, während der Typ, der sich als Gisbert vorstellt, um mich herumscharwenzelt und meine Maße von Kopf bis Fuß notiert. Carmen Herrera will dann von mir wissen, warum ich mich beworben habe und was so meine Vorstellungen sind. Sie wiederum erzählt mir ein bisschen von ihrer Arbeit und der Agentur, stellt mir eine aufregende Zeit in Aussicht und meint gleichzeitig, ich solle auch ein wenig Geduld haben. Denn schließlich müsse sie reiflich überlegen und mit den anderen diskutieren, ob ich eher der Laufstegtyp wäre oder besser doch für Werbeanzeigen geeignet sei.

Folgende Auftragsarten sind für Models möglich:

Katalog: Gut bezahlte Jobs in witzigen Locations, heißt aber auch, Winterjacken im Sommer präsentieren ... oft ein Fünf-Tage-Job.

Werbung: Dito; hier geht es um Werbeanzeigen für bestimmte Produkte.

Zeitschriften: Unterschiedliche Einsatzmöglichkeiten, von Cover über Haare hin zu Make-up ist alles möglich.

Werbespots: Als Model bzw. Typ für einen Werbefilm kannst du sehr bekannt werden, allerdings dauert so ein Dreh oftmals länger als nur acht Stunden.

Kampagne: Ein Model wird das »Gesicht« einer Kleider- oder Kosmetikmarke, und zwar über mehrere Jahre hinweg.

Laufsteg: In Mailand, Paris, New York finden die großen Modeschauen statt, bei denen Prêt-à-porter-Mode gezeigt und von Models präsentiert wird.

Enrique sitzt die ganze Zeit über dabei und grinst, schließlich steht er auf und macht noch ein paar Bilder von mir. »Nach deinem ersten Auftrag machen wir eine richtige Sedcard von dir, jetzt muss das erst mal genügen«, meint Carmen.

Die **Sedcard** ist eine Art Visitenkarte für Models und nach ihrem Erfinder Sebastian Sed benannt, der die Bewerbungsunterlagen von Models systematisiert hat. Auf eine Sedcard (A 5) gehören:

● Name sowie Maße (Busen, Taille, Hüfte, Schuhe, Körpergröße, Augen- und Haarfarbe).

- Auf der Vorderseite befindet sich üblicherweise ein großes Farbbild von dir, im besten Falle eine Porträt-Aufnahme mit Blickkontakt.
- Auf der Rückseite solltest du bis zu vier sehr unterschiedliche Bilder von dir zeigen, um deine Wandelbarkeit zu demonstrieren (Stimmungen, Dessous, Abendkleid). Verwende ausschließlich professionelle Bilder aus einem professionellen Shooting, also keine Partybilder, keine Bilder mit Haustieren und keine mit besten Freunden.

Beachte: Wenn du als Model von einer Agentur vertreten wirst, kümmert diese sich um deine Sedcard!

»Aber darauf sehe ich doch total scheiße aus«, rutscht es mir raus, als mir Enrique auf der Digi-Cam die Aufnahmen vorspult. »Da siehst du jeden einzelnen Pickel, ganz zu schweigen von meiner roten Nase.« Ich ziehe meine Aufnahmen von neulich aus der Tasche und lege sie auf den Tisch.

»Die kenne ich«, antwortet Carmen knapp, zu meiner grenzenlosen Enttäuschung. »Aber ich will dich echt und unverfälscht, nicht retuschiert mit sämtlichen Tricks aus der Photoshop-Kiste.« Sie macht eine abfällige Handbewegung.

Fragend gucke ich Enrique an, doch der schüttelt grinsend den Kopf. »Dabei habe ich an diesen Bildern kaum was verändert … Habe ich dir doch neulich schon erklärt«, sagt er und hebt zu einem längeren Monolog an, »alle Bilder werden heutzutage bearbeitet und retuschiert: Hautunreinheiten wie Pickel, Falten und Flecken lassen wir verschwinden, in Haare setzen wir Glanzeffekte, mal abgesehen von schmaleren Oberschenkeln und Hüften, die wir den Models verpassen. Du kannst davon ausgehen, dass ein Mädchen in Wirklichkeit völlig anders aussieht als auf einer Werbeanzeige. Bei den Schauspielern in den

Hollywood-Filmen wird übrigens auch gerne modelliert oder ein Darsteller größer gemacht, als er tatsächlich ist. Du musst nur die entsprechenden Parameter einstellen und schon hast du ein perfektes Ergebnis.«

Nimm dir eine Mädchenzeitschrift oder ein Frauenmagazin und betrachte die Werbe- und Modeaufnahmen darin einmal genau. Du wirst feststellen: Alle Models haben makellose Haut ohne Pickel, Narben und Falten; die Haut an den Beinen weist weder Dellen noch Poren auf; die Kontur der Oberarme ist übernatürlich schmal. Woran du erkennst, dass dieses Bild bearbeitet wurde? Indem du dir zwei sehr scharfe Stellen, oben und unten, aussuchst und feststellst, dass z. B. Haaransatz und Haare gestochen scharf sind, dafür aber die darunterliegende Wangenpartie »verwischt« erscheint ... Wenn du selbst diesbezüglich Ambitionen hast, wirst du Bildbearbeitungsprogramme wie Photoshop bereits kennen und wissen, was mit Weichzeichnern, Filtern und Retuschen alles möglich ist. **Traue keinem Foto, es bildet längst nicht mehr die Wirklichkeit ab!**

»Ich weiß«, seufze ich, »das hört man ja immer wieder! Und manchmal, bei den ganz schlecht gemachten Zeitschriften, sieht man das auch. Aber ich mag es halt einfach nicht glauben und finde es völlig unfair: Wir arbeiten hart an unserer Figur, unserem Aussehen und dann wird bei anderen einfach lustig drauflosretuschiert ... und dann versuchen alle, so auszusehen wie die Models in den Magazinen, und sind völlig frustriert, wenn sie dieses Ideal nicht erreichen!«

Ich denke an Mama und ihre Verzweiflung, an Julia, die sich regelmäßig ihr trauriges Gesicht mit Make-up überschminkt und nicht zuletzt an mich, die diesem Beauty-Zwang seit Neuestem ja auch auf den Leim geht: mit Abdeckstift die Pickelchen verschwinden lässt, mit Mascara die Augen betont, mit Push-up den Busen formt …

Bin ich noch ich?!

»Mach dir keine Sorgen, Sina, jeder in der Branche weiß, wer echt ist und wer mogelt«, antwortet Carmen freundlich. »Nur viele Mädchen und Frauen tun das nicht und träumen falschen Bildern hinterher, wollen genauso aussehen wie Gisele Bündchen oder Kate Perry und vergessen dabei, dass sie selbst in ganz anderen Lebensumständen stecken.« Sie guckt mich mit ihren wachen grauen Augen offen an. »Du musst das immer mit Hochleistungssportlern oder Berufsmusikern vergleichen, die den lieben langen Tag nichts machen, außer einen bestimmten Bewegungsablauf, eine bestimmte Tonleiter bis zur Perfektion zu üben. Models, Schauspielerinnen und Popstars machen von morgens bis abends nichts anderes, als sich um ihren Körper zu kümmern, denn der ist schließlich ihr Kapital. Oder anders gesagt: Wenn du auch so leben würdest, wäre die Wahrscheinlichkeit sehr hoch, dass du ebenfalls perfekt sprinten oder flöten könntest … oder eben die Schönste von allen wärest.«

Uff! Diese lange Rede muss ich erst mal sacken lassen, so etwas Vernünftiges hätte ich gar nicht von ihr erwartet. Ich dachte immer, Agenturchefinnen wären absolut dominant und herrschsüchtig und würden kein gutes Haar an einem lassen. Aber Carmen scheint da beinahe revolutionäre Ansichten zu haben. Auch wenn sie auf den ersten Blick spröde und distanziert erscheint, schließe ich sie augenblicklich in mein Herz und bin froh, dass sie es ist, mit der ich mein erstes Bewerbungsge-

spräch als potenzielles Model habe. Trotzdem macht mich diese
Photoshopperei sprachlos.

Ist denn alles, was uns umgibt, unecht?

»Und ich finde, du wirkst sehr authentisch, nicht wahr, Gisbert?« Carmen mustert mich noch mal von oben bis unten.
»Vielleicht nicht für den Catwalk, aber ein junges, frisches Gesicht …« Sie nickt der hageren Gestalt zu, die die ganze Zeit
über um mich herumgeturnt ist. »Also, liebe Sina, wir beraten
uns hier im Team und dann rufe ich dich in den nächsten Tagen
an, ist das okay für dich?«

Ich habe eine Chance,
yippiiieeehhh!!!

Völlig perplex bringe ich kein Wort heraus, dafür strahle ich sie
dankbar an und verabschiede mich rasch von ihr. Draußen falle
ich meiner Mutter jubelnd um den Hals, die sich natürlich mit
mir freut und mir zur Feier des Tages ein neues Lipgloss spendiert (und sich selbst auch). Yannis wird stolz auf mich sein!

Test your best

Modeln ist mehr, als nur schön und stumm in die Kamera zu lächeln. Es gibt ein paar unabdingbare Eigenschaften, die im Model-Business gefragt werden. Deshalb solltest du folgende Aussagen überwiegend als zutreffend anstreichen können, wenn du davon träumst, eines Tages als Model Karriere zu machen.

1. Checke deinen Model-Faktor!

Achtung: In diesem Test geht es um Fashion-Models, also nicht um Models für allgemeine Werbeaufnahmen. Für Letztere kann sich jeder, egal ob alt oder jung, dick oder dünn, bei einer Casting-Agentur bewerben.

Zahlen, Daten, Fakten:

❏ Ich bin mindestens 13 Jahre alt und nicht älter als 22 (es gibt auch Frauen, die später einsteigen und Karriere gemacht haben).

❏ Ich habe die Maße 90 – 60 – 90 (oder bin auf dem Weg dorthin).

❏ Ich bin zwischen 172 und 185 cm groß (oder werde noch wachsen).

❑ Ich trage höchstens Kleidergröße 38 (größer = Plussize-Model).

❑ Ich habe einen ebenmäßigen Teint, wenige bis keine Pickel und keine Narben oder Flecken.

❑ Ich trage keine Tattoos oder Piercings.

»Schatzkästchen« oder Selbstbewusstsein:

❑ Ich bin mir bewusst, dass mein Aussehen nichts mit meinen inneren Werten zu tun hat. (Äußerlichkeiten unterliegen Modetrends, ein ehrlicher Charakter nicht!)

❑ Ich verfüge über eine tolle Ausstrahlung (das gewisse Etwas!!!).

❑ Ich bin einzigartig (Zahnlücke, Haare, Style, Leberfleck)!

❑ Ich habe besonders wohlgeformte Hände (Füße, Haare).

❑ Ich habe eine gesunde, fitte und trainierte Figur (also weder magersüchtig noch allzu beleibt).

Disziplin:

❑ Ich tue etwas für mich und mein Äußeres (von nichts kommt nichts, siehe S. 121 ff. und S. 139 ff.).

❑ Ich kann Stress gut aushalten (weil ich einen eisernen Willen habe und Entspannungsmechanismen kenne).

❑ Ich gebe so schnell nicht auf und lasse mich nicht unterkriegen (weil ich aus Fehlern lerne).

❑ Ich kann meine Meinung gut zurückhalten (und egal welchen Kartoffelsack als das Non-plus-ultra-Teil professionell präsentieren).

❑ Ich kann mich anpassen (und meine Klappe halten, auch wenn die Kundin eine Schnepfe ist).

❑ Ich bin ehrgeizig und ausdauernd (und gebe so schnell nicht auf, wenn ich etwas will).

Emotionale Stabilität:

❏ Ich habe weder Flugangst noch Heimweh (als Model fliegst du um die Welt!).

❏ Auch wenn ich mich mies fühle, kann ich positiv und freundlich auftreten (ich weine hinterher).

❏ Ich bin mutig und neugierig (Shooting mit einer Schlange, Reisen in ferne Länder, fremde Speisen).

❏ Ich bin gut gelaunt und unkompliziert (mit komplizierten Menschen arbeitet niemand gerne!).

Wandelbar:

❏ Ich bin spontan und flexibel (gerade eben gelandet und schon wieder ein Anruf von der Agentur ...).

❏ Ich schlüpfe gerne in verschiedene Rollen und bin wandelbar (meine Mimik ist mein Kapital!).

❏ Ich habe Spaß an Mode und probiere gerne unterschiedliche Styles (ich bin nicht festgelegt auf einen Look).

❏ Ich bin wandelbar (auch in Mimik und Körpersprache).

Lege dir ein Model-Tagebuch zu, in dem du sämtliche Tipps und Erfahrungen notierst. Schreibe dir auf, was dein gewisses Extra ist und dich von anderen äußerlich unterscheidet. Wenn du zum Beispiel tolle rote Lockenhaare hast, ist das natürlich dein Extra und der Hingucker, vor allem wenn du dich darauf verstehst, sie in Szene zu setzen. Das Gleiche gilt für Merkmale wie eine besondere Natürlichkeit, eine extreme Nase, hohe Wangenknochen oder einen breiten Mund.

Viele berühmte Models und Schauspielerinnen haben ihre »Macken« kultiviert. Cindy Crawfords Markenzeichen ist ihr Leberfleck links oberhalb ihres Mundes, Tilda Swinton trägt ihre hellen Wimpern bewusst immer ohne Mascara und Kate Moss lächelt durch ihre Zahnlücke.

Leider muss man dazu sagen, dass viele Agenturen auf den Einheitslook setzen und blonde Mädchen mit bestimmten Maßen und klassischen Gesichtern bevorzugen. Den großen Erfolg haben diese Mädchen aber garantiert nicht, eben weil sie eher Durchschnitt sind (remember: EU-Gurke!).

Kate Moss (*1974) ist »nur« 1,70 m groß, hat einen dürren Körper und O-Beine – und trotzdem zählt sie heute zu den erfolgreichsten Models weltweit. Sie wurde mit 14 Jahren zufällig entdeckt, war lange Zeit das Gesicht für Calvin Klein (Parfum, Underwear) und modelt heute u. a. für Escada. Keine andere verkörperte in den 90er-Jahren besser das Lolita-Image der Models, das zwischen »Drogenlook« und Androgynität angesiedelt war. Kate Moss führt nach wie vor ein exzessives Leben, nach dem Aufenthalt in einer Entzugsklinik 1998 soll sie behauptet haben, dass eine Diät aus Champagner, Wodka und Drogen die einzige Möglichkeit für sie sei, mit der nichtssagenden Welt der Mode fertig zu werden.

2. Welcher Casting-Typ bist du?

Sich im Wettbewerb gegen andere Mädchen zu behaupten, ist nicht jederfraus Sache. Aber faires Konkurrenzdenken und ein gesunder Egoismus sind hilfreich, wenn du deine Träume verwirklichen und deine Ziele erreichen willst, egal, ob es sich um eine Casting-Show, ein Referat in der Schule oder ein Bewerbungsgespräch handelt. Finde mithilfe des folgenden Tests heraus, welcher Konkurrenz-Typ du bist.

1. Du bist auf einer Party eingeladen. Wie ist dein Styling?

   a) Stylish und flippig, Glamour-Make-up, besonders halt.

   b) Jeans und Shirt, ein bisschen Lipgloss, normal halt.

   c) Minirock und High Heels, sexy halt.

   d) Enge Jeans mit Pailetten-Top, modisch halt.

2. Du sollst in der Gruppe ein Referat erarbeiten. Welche ist deine Rolle?

   a) Ich habe total gute Ideen, die uns voranbringen.

   b) Ich sorge dafür, dass alle zu Wort kommen.

   c) Ich finde es nervig, alle Meinungen anzuhören.

   d) Ich bringe Struktur in die Sache.

3. Ihr seid fünf Mädchen, aber nur eine kann den Vortrag halten. Wie reagierst du?

   a) Ich mach das einfach, ohne lange zu diskutieren.

   b) Ich frage, wer von den anderen das übernehmen will.

   c) Ist ja wohl klar, dass sich manche wieder vordrängeln.

   d) Ich sage, dass ich das selbstverständlich übernehme.

4. Bei einem Bewerbungsgespräch sollst du sagen, was dich besonders auszeichnet. Welche Eigenschaften sind es?

   a) Meine flippigen und kreativen Ideen.

   b) Meine Freundlichkeit und mein Lachen.

   c) Mein Temperament und meine Ehrlichkeit.

   d) Mein Ehrgeiz und meine Zielstrebigkeit.

5. Dein Vater hat Geburtstag und alle Kinder schenken was. Welches Geschenk ist von dir?

   a) Ich bastele was Tolles.

   b) Eine Flasche Wein mag er am liebsten.

   c) Irgendwas, vielleicht ein Foto von mir.

   d) Eine tolle Gewürzmischung für den Hobbykoch.

A Freaky

Keine Angst, Freak ist keineswegs negativ gemeint. Denn du bist eine echte Entertainerin! So crazy, wie du drauf bist, wirst du die Herzen von Jury und Publikum im Sturm erobern. Allein schon deswegen, weil du keine Langeweile aufkommen lässt und die Lacher auf deiner Seite hast. Was dir – Talent vorausgesetzt – auf deinem Weg nach oben in die Quere kommen kann, ist deine geringe Bereitschaft, dich zu integrieren oder anzupassen, denn was hip ist, bestimmst immer noch du …

B Everybody's Darling

Schon auf den ersten Blick bezauberst du durch Charme, Witz und gutes Aussehen. Würdest du in einer Casting-Show mitmachen, wäre es dir zunächst ein Leichtes, die Jury zu überzeugen. Ganz abgesehen vom Publikum, denn das würde dich und deine natürliche Art wirklich hinreißend finden. Auch mit deinen Mitkandidaten würdest du dich gut verstehen, denn Teamwork liegt ganz in deiner Natur. Ein möglicher Haken bei so viel Harmonie: Da du niemandem etwas Böses willst, fehlt dir oft der Spaß am Wettkampf und der Biss, dich richtig durchzusetzen. Akzeptiere es für dich: Wo immer du die Gewinnerin bist, heißt es zu ertragen, dass andere zu den Verlierern zählen. Aber keine Sorge: Auch die überleben.

C Zicke

Eins wäre dir in einer Casting-Show auf jeden Fall sicher: Aufmerksamkeit. Denn du nimmst kein Blatt vor den Mund, egal, worum es geht. Du rastest schnell aus und das eine oder andere Skandälchen dürftest du in der Show provozieren. Wenn du deinen Job gut machst, würde die Jury vermutlich darüber hinwegsehen, allerdings müsstest du mit Frontenbildung bei deinen Mitkandidaten rechnen. Denn wer austeilt, muss auch einstecken können! Du hast kein Problem damit, andere in den Schatten zu stellen. Ob das Publikum auf deiner Seite stehen würde? Kann sein, dass du ihnen zu direkt bist. Ab und zu ein Zeichen der Versöhnlichkeit könnte deine allzu oft vermittelte Botschaft »sind eh alle doof außer mir« abmildern.

D Tough Girl

Was du willst, das schaffst du auch. Du verlierst deine Ziele niemals aus den Augen und das verleiht dir für eine Casting-Show genau das richtige Durchhaltevermögen. Dein eiserner Wille würde eine Jury und das Publikum total beeindrucken. Was sie vermissen dürften, ist Spaß und Lockerheit. Deine Mitkandidatinnen könnten dich als kalt, berechnend und arrogant erleben – und als echte Bedrohung empfinden. Und das gäbe richtig Zoff. Rechts und links schauen und die Bedürfnisse der anderen (wie auch deine eigenen hinter Ehrgeiz und Zielstrebigkeit) nicht ganz ausblenden, könnte ein Erfolgsfaktor für dich sein!

3. Sei DEIN Star!

Klare Sache: Der Konkurrenzkampf unter Mädchen ist enorm, der Druck der Medien riesig geworden, denn auf allen Kanälen heißt es: Du kannst ein Star werden, wenn du nur willst!

Die schlechte Nachricht: Nein, kannst du trotz aller Bemühungen nicht, weil andere darüber entscheiden, wie du als Star zu sein, zu leben, zu singen und zu agieren hast.
Die gute Nachricht: Du kannst DEIN Star werden, indem du dich zu einer echten und authentischen Persönlichkeit entwickelst und dich nicht fremdbestimmen lässt.

Es gibt leider genügend Mädchen, die sich von anderen die Auswahl ihrer Klamotten, Haarfrisur und ihres Make-ups vorschreiben lassen. Sie lernen, dass ein nettes, freundlich-angepasstes Verhalten gut bei den Leuten ankommt, dass es wichtig ist, zu gefallen und nicht anzuecken, wenn sie geliebt und anerkannt sein wollen. Solche Mädchen (und unter anderen Vorzeichen trifft das natürlich auch Jungs) haben die Botschaft »Ich muss so und so sein« verinnerlicht, sodass sie zeitlebens ihre eigene Meinung verleugnen und sich bis zur Selbstaufgabe den Gesetzen der anderen anpassen. Manche Mädchen (Jungs, Frauen, Männer …) sind dann aber plötzlich hinter ihrer Maskerade kreuzunglücklich – und wissen nicht, warum. Andere fühlen sich verunsichert und reagieren übersensibel, mitunter gar mit Depressionen oder Magersucht.

Andere Mädchen boykottieren von vornherein jegliches Mode- und Mediendiktat und werden dadurch zu Außenseitern, was sich natürlich auch nicht besser anfühlt. Schwierig, schwierig also, hier die eigene, persönlich richtige Linie zu finden, irgendein Mittelding zwischen angepasst und trotzdem individuell. Folgende Übung hilft, deinen eigenen Standpunkt zu entwickeln und zu festigen:

Muss-Monster oder Kann-Königin?

Wie motivierend klingen folgende
Sätze für dich:

- Ich muss sechs Kilo abnehmen.
- Ich muss immer perfekt geschminkt sein.
- Ich muss dieses Casting gewinnen.
- Ich muss das Date mit Pierre hinkriegen.
- Ich muss ....

Klingt superstressig, stimmt's? Stell dir vor, die Kann-Königin kommt, verbannt alle Muss-Monster aus ihrem Wortschatz und die Sätze heißen jetzt so:

- Ich kann sechs Kilo abnehmen (und damit etwas für meine Gesundheit tun).
- Ich kann perfekt geschminkt sein (und damit bewusst in eine andere Rolle schlüpfen).
- Ich kann dieses Casting gewinnen (und allen zeigen, was in mir steckt).
- Ich kann das Date mit Pierre hinkriegen (und ihm endlich sagen, wie sehr ich ihn mag).
- Ich kann ....

Ich-kann-Sätze haben mehrere Vorteile: Sie nehmen den Leistungs- und Zeitdruck raus, sie geben dir Gestaltungsspielraum und übertragen dir die Verantwortung für dein Tun (Ich kann für Englisch lernen, aber wenn ich es nicht tue, gefährde ich meine Versetzung). Das ist auf alle Fälle motivierender und fühlt sich gleich viel erwachsener an, weil du selbstbestimmt Entscheidungen triffst.

4. Visitenkarte

Eine persönliche Visitenkarte zu gestalten, hört sich leichter an, als es ist, denn es geht um die VOR-Stellung deiner Person und die Fragen »Wie sehe ich mich?«, »Wie sehen mich andere?«, »Wie würde ich gerne gesehen werden?«. Du kannst deine Visitenkarte malen, aber auch am Computer erstellen. Hände weg von Visitenkarten-Gestaltungs-Programmen! Das sind Einheitsvorlagen und hier geht es um deine ganz persönliche, individuelle Karte!

Bei dieser Übung geht es darum, deine persönlichen Eigenschaften zu visualisieren, also in Wort und Bild darzustellen. Welche Farben passen zu dir, welche Schrift? Brauchst du Bilder/Icons/Ornamente/Farbe oder magst du es lieber schlicht? Welche Sachinformationen willst du über dich preisgeben: deine komplette Anschrift oder doch lieber nur deine E-Mail-Adresse und Handynummer? Reicht dein Vorname?

Wenn du beispielsweise eine sportliche Hummel bist, zeigt deine Visitenkarte einen bewegten Ball, eine dynamische Schrift, vielleicht blaue Farbe. Bist du eher der introvertierte Typ, gibt es deinen Vornamen in leichten Farben vor einem zarten Hintergrund in schnörkeliger Schrift ...

Variante: So-wäre-ich-gerne-Visitenkarte und Anti-Visitenkarte.

Diese Fragen helfen, dich besser zu erkennen:
- Was kann ich besonders gut (tanzen, reiten, rechnen ...)?
- Welche liebenswerte Macke habe ich (Chaosqueen, Schokoholic, Bohnenhasserin ...)?
- Was macht mich einzigartig (rote Haare, tolle Zähne, Stupsnase und schöne Hände)?
- Welche Farben mag ich?
- Was macht mir gute Laune?

Wahre Schönheit kommt von innen ...

1. Du bist, was du isst – kleines Ernährungs-ABC

Du bist, was du isst, diesen Spruch hast du garantiert schon oft genug gehört und längst weißt du eine Menge über gesunde Ernährung. Und garantiert kannst du sagen (wenn du ganz, ganz, ganz ehrlich bist), dass du dich nach einer Gemüsemahlzeit mit Apfelschorle fitter fühlst als nach Burgern, Pommes und Limo. Die Frage ist nur: Wie damit im Alltag umgehen, wenn allerorten Fast Food winkt oder du gar keine Zeit zum Essen hast? Und Vollwertkost zu teuer oder uncool ist?

Das folgende kleine Ernährungs-ABC hilft dir, ein paar Ernährungsgrundlagen bewusst zu machen, ausgewogen und gesund zu essen – damit dein Geist ein fittes Zuhause hat.

Alkohol: Wird in der Leber zunächst zu Acetaldehyd abgebaut, das die Blutgefäße erweitert, Herzklopfen und Kopfschmerzen auslöst. Acetaldehyd wird dann zu Essigsäure umgewandelt und diese dann weiter zu Kohlensäure und Wasser abgebaut. Solange dieser Prozess im Gange ist, fühlst du dich schlecht. Essigsäure ist übrigens an der Bildung von Fettsäuren und Cholesterin beteiligt – regelmäßiger Alkoholkonsum erhöht also die Fettanteile im Körper.

Brot: Kohlehydratspender und Lieferant lebenswichtiger Mineralstoffe und Energie, insbesondere Vollkornbrot. Mit Vorsicht zu genießen sind »Fertigbrote« von Backstationen, die chemische Zusätze, Backmittel, Emulgatoren und Geschmacksverstärker enthalten. Manche Menschen reagieren auf Getreidesorten wie Roggen oder Hafer mit allergischen Reaktionen (Asthma, Blähungen), andere auf Gluten (»Eiweißkleber«), das im Weizen enthalten ist. Allgemein gilt die Devise: Je älter ein Brot ist, desto besser wird es vertragen.

Schlanke Menschen kennen einen Trick: Sie vermeiden Brot – und essen sich lieber an Gemüse oder Salat satt.

Calcium: Wichtig für stabile Knochen und Wachstum! Ist besonders enthalten in Hartkäse, Milchprodukten, Grünkohl und Broccoli.

Darm: Hier findet die Verdauung statt, nachdem der Magen die Nahrung zerkleinert hat. Außerdem bekämpfen hier die »guten« Bakterien die »krank machenden« Keime auf natürliche Weise. Ist das Verhältnis beispielsweise durch zuckerhaltige Nahrung oder Antibiotika gestört, reagiert der Körper – er wird krank (Durchfall, Erkältung, Allergien). Deshalb ist eine gesunde Darmflora für dein Immunsystem wichtig! Unterstützen kannst du deine Darmflora durch eine gesunde und milchsäurehaltige Ernährung, beispielsweise mit einem Becher Naturjoghurt täglich.

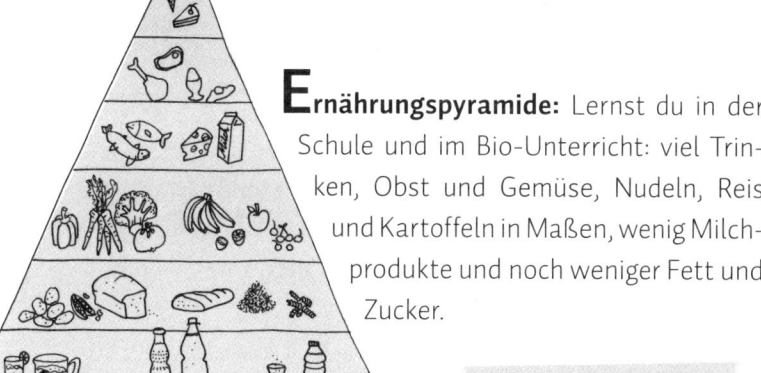

Ernährungspyramide: Lernst du in der Schule und im Bio-Unterricht: viel Trinken, Obst und Gemüse, Nudeln, Reis und Kartoffeln in Maßen, wenig Milchprodukte und noch weniger Fett und Zucker.

Gewöhne dir an, jeden Tag einen Apfel und eine Kiwi zu essen. Stell dir zum Knabbern zwischendurch Studentenfutter oder Reiswaffeln hin.

Fleisch: Wärmt, gibt Lebenskraft und gute Energie, auch wenn Frauen und Mädchen aus Kaloriengründen lieber Salat statt Steak essen. In Maßen und aus kontrolliertem Anbau genossen, ist Fleisch ein super Energie- und Minerallieferant und sollte zweimal wöchentlich auf deinem Speiseplan stehen. Das Gleiche gilt für Fisch, der dir Eiweiß für deine Muskeln liefert. Wenn du Vegetarierin bist, findet dein Körper ausreichend Eiweiß in Milch- und Sojaprodukten sowie in Eiern, Tofu, Hirse …

Gute Fette: Ohne Fett kann zum Beispiel das Vitamin A aus der Möhre nur halb so gut vom Körper aufgenommen werden (also Butterbrot zur Rohkost oder Möhrensalat mit Sonnenblumenöl). Dein Körper braucht für einen gesunden Stoffwechsel Fett, am besten bestehend aus ungesättigten Fettsäuren (z. B. Maiskeimöl, Olivenöl, Nüsse, Avocado), weil diese im Gegensatz zu den gesättigten Fettsäuren (alle tierischen Fette in Wurst und Fleisch) nicht deine Blutgefäße verstopfen.

> Hände weg von sogenannten Transfetten
> (körperfremde, künstliche Fettmoleküle), die in allen
> Fertigprodukten, Fast Food und Margarinen enthalten
> sind. Sie lagern sich nicht nur an den unmöglichsten
> Stellen an, sondern können langfristig auch zu
> Herzinfarkt und Schlaganfall führen.

Hunger: Müsste in Überflusszeiten hierzulande zum Glück niemand leiden und dennoch sind viele Mädchen oft sehr hungrig: nach Liebe, Aufmerksamkeit und Anerkennung. Vielleicht kennst du auch Heißhungerattacken, z. B. auf Schokolade. Oder das leere Gefühl im Bauch, wenn du nach intensivem Sporttraining tausend Kalorien verbrannt hast. Oder du hast gerade erst gegessen und du bist immer noch nicht satt ... Oder du willst bewusst nichts essen und bekommst dann doch spätabends eine Hungerattacke und frisst drauflos, eben weil dein Körper sein Recht verlangt.

Über Essen, Essgewohnheiten und Ernährungspläne gibt es viele verschiedene Meinungen und Ansichten, gut ist, wenn du dir Folgendes bewusst machst und für dich und deinen Körper herausfindest, was richtig FÜR DICH ist.

● Ohne Nahrung kann dein Körper bis zu 30 Tage sein, ohne Flüssigkeit gerade mal 3!

● Halte den Blutzuckerspiegel konstant, indem du regelmäßig (3-5 mal am Tag) gesunde Mahlzeiten zu dir nimmst.

● Verzichte auf kalorienhaltige Zwischenmahlzeiten, wenn der »kleine Hunger« kommt. Trinke lieber etwas.

> Mach mal ein Experiment: Cola und Schokokekse oder
> Mineralwasser und Dinkelnudeln mit Tomatensoße –
> womit fühlst du dich besser? Was macht dich länger satt?

Oder iss mal einen Schokokuss Haps für Haps, zehn Minuten lang und ganz bewusst. Wie lecker ist er wirklich?

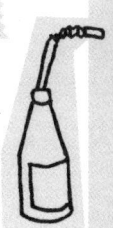

Isotonische Getränke: Gleichen Mineral- und Vitaminhaushalt nach sportlicher Anstrengung aus, wobei viele der käuflichen Produkte künstliche Aromastoffe und Zucker enthalten. Besser: Apfelsaftschorle trinken.

Joghurt: Vergorene Milch, eiweißhaltig (Muskeln!) und voll mit Milchsäurebakterien, wobei die rechtsdrehenden (L+) vom Körper besser aufgenommen werden können als die linksdrehenden. Selbstredend ist ein Naturjoghurt in Bioqualität wertvoller als eine aromatisierte, zuckerhaltige Joghurt-Fruchtzubereitung.

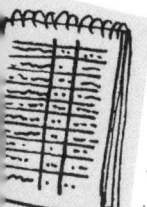

Kalorientabelle: Gut, wenn du dich damit auskennst und weißt, welche Lebensmittel gesunde Kalorien und Mineralstoffe in sich tragen und in welchen fiese Fette versteckt sind. Schlecht, wenn du bei jeder Mahlzeit die Kalorien abgleichst oder gar extra beim offenen Fenster Hausaufgaben machst, um zusätzlich Kalorien zu verbrennen. Kalorienbomben sind zum Beispiel:

- Pizza (dicker Boden, dicker Belag = dicker Bauch)
- Fertigmüsli oder Cerealien (wegen Zuckerzusatz – lieber Müsli selber mischen!)
- süße Teilchen (Croissants sind Fettbomben!)
- Donuts, Muffins und Cup Cakes (»Russisch Brot« ist der Kuchen der Kalorienbewussten)
- Fitnessdrinks und Limo (Zuckergehalt!)
- Thunfisch und (Schafs-)Käse im Salat

- Paniertes und Frittiertes (Pommes, Chips, Chickenwings)
- Alkohol (beim Alkoholabbau entsteht als Zwischenprodukt Fett)
- Sahne und Majo als Soßenbinder (geht auch mit Kartoffeln)

Laktose: Milchzucker findet sich in allen Milchprodukten und ist zum einen ein Energielieferant, zum anderen mitverantwortlich dafür, die Fäulnisbakterien im Darm zu hemmen. Immer mehr Menschen leiden heute unter einer Laktoseintoleranz, das heißt einer Milchzuckerunverträglichkeit, die sich durch Blähungen und Durchfall nach dem Genuss von Milchprodukten äußert. Bei Verdacht bitte dringend vom Arzt abklären lassen und mithilfe eines Ernährungsplans bewusst nur kleine Mengen davon essen.

Magnesium: Wichtiger Mineralstoff für Muskeln und Nerven! Bei Kopfschmerzen, Konzentrationsmangel und Muskelkrämpfen kannst du das Schüßlersalz Nr. 7 (Magnesium phosphoricum; 5–15 Tabl. täglich) und natürlich insbesondere folgende Lebensmittel zu dir nehmen: Nüsse, Mais, Mineralwasser, Johannisbeeren und Bananen.

Schön mit **Schüßlersalzen:** Im 19. Jahrhundert fand Dr. Schüßler als Ursache von Erkrankungen heraus, dass Zellen nicht mehr richtig funktionieren, wenn ihnen wichtige Mineralstoffe fehlen. Da viele Mineralsalze in konzentrierter Form nicht den Weg in die einzelnen Zellen finden, müssen die Substanzen wie in der Homöopathie potenziert werden, um so über das Blut direkt in die Zellen gelangen zu können. Dort regulieren sie das gestörte Gleichgewicht, der Selbstheilungsprozess wird unterstützt, der Kranke wird gesund. Falls du dich für diese Heilmethode interessierst, lässt du dich am besten von einem Heilpraktiker beraten.

Bei Besenreisern hilft Schüßlersalz Nr. 4 Kalium chloratum, 3 x 5 täglich, kann zusätzlich auch als Salbe aufgetragen werden.

Bei Pickeln hilft Schüßlersalz Nr. 1 Calcium fluoratum (unterstützt die Haut), Schüßlersalz Nr. 9 Natrium phosphoricum (entgiftet) und/oder Schüßlersalz Nr. 11 Silicea (Salz der Haut), jeweils 3 x 5 täglich.

Nüsse: Prima Energielieferanten und starker Snack für zwischendurch. Nüsse kurbeln dein Hirn zur Höchstleistung an, weil sie einen hohen Vitamin-B-Gehalt haben und wertvolle Eiweiße sowie ungesättigte Fettsäuren enthalten. Achtung: Wer allergisch reagiert, darf überhaupt keine Nüsse essen, auch keine Spuren davon.

Nusskur für bessere Konzentration: 25 Tage lang immer eine Nuss mehr essen, also am ersten Tag eine, dann zwei, dann drei usw., bei 25 Nüssen wieder auf null runteressen.

Orange: Enthält viel gesundes Vitamin C (Abwehrkräfte!) und du kannst sie entweder als geschälte Frucht oder als Saft zu dir nehmen. Achte auf die Bezeichnung Orangensaft (nicht -nektar), nur so kannst du sichergehen, dass 100 % Saft enthalten sind und keine Zuckerzusätze.

Übrigens: schwarzer Tee, Kaffee und Alkohol vermindern die Aufnahme von Vitamin C.

Pausenbrot: Hält dich zwischendurch fit und versorgt deine Gehirnzellen, damit du gut lernen kannst. Belegt mit Schinken, Kräuterquark oder vegetarischem Brotaufstrich eine leckere Sache. In die Brotbox dazu gehört unbedingt geschnippelte Rohkost wie Gurke, Möhre oder Paprika zum Knabbern. Nicht vergessen: Trinken!

Quark ist ein tolles Hausmittel, ob bei Halsschmerzen, Sonnenbrand, Sehnenzerrung oder Verstauchung, ein Quarkwickel wirkt Wunder. Und mit Früchten schmeckt er sowieso ☺.

Regelmäßige Mahlzeiten: Eigentlich ganz logisch: Alles, was du zu bestimmten Uhrzeiten tust und regelmäßig erledigst, tut dir gut, egal, ob es dabei ums Schlafen, Zähneputzen, Vokabellernen oder eben Essen geht. Denn alles, was zwischendurch und hektisch erledigt wird, gibt Murks (krank, Karies, Note 5, Übergewicht). Auch wenn es spießig klingt, halte deine persönlichen Essenszeiten nach Möglichkeit ein (keine Burger zwischendurch) und nimm dir Zeit zum Essen.

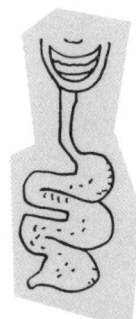

Stoffwechsel: Ein komplizierter biochemischer Vorgang im Körper, der dafür sorgt, dass du am Leben bleibst. Dabei wird sämtliche Nahrung, die du zu dir nimmst, in ihre Bestandteile zerlegt und umgewandelt, damit sie über den Blutkreislauf bis in die kleinste Zelle verteilt werden kann. Was der Körper nicht verwerten kann, scheidet er aus – oder lagert es als Fettreserven für Notzeiten an.

Trinken: Bis zu zwei, drei Liter am Tag, vorzugsweise Wasser und Kräutertee, das unterstützt den Stoffwechsel. Kaffee und Alkohol enthalten Giftstoffe, die dein Körper mühselig abbauen muss; von künstlich aromatisierten und zuckerhaltigen Getränken ist sowieso abzuraten.

Dein Körper braucht ausreichend Flüssigkeit, damit …

- das Blut nicht eindickt, dein Herz leichter arbeiten kann und dein Stoffwechsel funktioniert.
- deine Muskeln nicht schlappmachen.
- Viren, Bakterien und Keime aus deinem Körper gespült werden (bei einer Infektion 1 Liter Wasser täglich zusätzlich).
- dein Gehirn konzentriert arbeiten kann.

Wenn du dich mit dem Trinken bzw. dem Drandenken schwertust, installiere dir einen Trinkwecker auf dem Handy. Oder stelle dir gleich morgens zwei Flaschen Wasser/Apfelschorle hin. Gewöhne dir an, vor einer Klassenarbeit ein Glas stilles Wasser zu trinken!

Übelkeit: Essen rückwärts. Findet dann statt, wenn dein Magen mit Nahrungsteilen nicht einverstanden ist (z. B. zu viel Alkohol, zu viel Süßkram), etwas unverdaulich findet oder du dir einen Magen-Darm-Virus eingefangen hast. Auch wenn es eklig ist und niemand gerne kotzt: Es reinigt und hilft, den Körper zu entgiften. Viel Trinken (Durchspülen!) hilft und nach vierundzwanzig Stunden sollte es besser sein. Selbst herbeigeführtes Erbrechen aus Gewichtsgründen (wie bei Bulimie) ist natürlich alles andere als gesund.

Vitamine: Braucht der Körper für lebenswichtige Funktionen und müssen mit der Nahrung zugeführt werden, weil sie (außer Vitamin D) nicht vom Körper selbst gebildet werden können. Bei einer gesunden und ausgewogenen Ernährung hast du keine Mängel zu befürchten; umstritten ist die Zufuhr von künstlichen Vitaminpräparaten. Willst du auf Nummer sicher gehen, trinke ein Glas Multivitaminsaft (100 %!!!) täglich, am besten als Zwischenmahlzeit in der Schule.

Warme Mahlzeit: Sich den ganzen Tag über nur von Pausenbrot und Zwischenmahlzeiten zu ernähren, ist nicht sinnvoll. Besser ist, du gewöhnst dir eine regelmäßige warme Mahlzeit am Tag an. Entweder in der Schul-Mensa – oder bei euch zu Hause, das hat nämlich den Vorteil, dass dein Stoffwechsel ordentlich funktioniert. Denn ein liebevoll zubereitetes Essen, eingenommen am gemeinsamen Tisch mit deiner Familie, wärmt und nährt in mehrfacher Hinsicht – und macht nicht dick, weil garantiert keine Geschmacksverstärker und Transfette drin sind und es in Ruhe zu sich genommen wird.

Zahnpflege: Mindestens zweimal täglich, drei Minuten lang und sorgfältig. Profis haben elektrische Zahnbürsten mit speziellen Aufsätzen zur Pflege der Zahnzwischenräume. Einmal im Jahr zum Zahnarzt ist Pflicht!

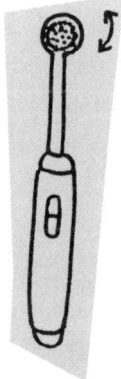

2. Schön durch Meditation

Ist nicht jedermanns Sache, aber Fantasiereisen und Meditationen helfen, sich auf sich und/oder bestimmte Körperteile und Situationen zu konzentrieren. Viele Menschen fühlen sich hinterher entspannt und gestärkt und strahlen es aus: Ein wichtiger Aspekt von Schönheit! Es gibt verschiedene Möglichkeiten der Meditation: Die einen sehen einer Kerze einfach nur beim Abbrennen zu, andere liegen da und schauen in den Himmel. Dann gibt es Menschen, die innere Kraft, Ruhe und Stärke im Gebet finden, gleich welcher Religion sie angehören. Wiederum andere brauchen eine Anleitung zur Meditation. Probiere aus, was zu dir passt. Für den Anfang reicht es, wenn du dich entspannt auf den Rücken legst, die Augen schließt und all deine Gedanken mit deinem Atem aus dir herausströmen lässt. Vertraue dir! In dem Moment, in dem du dir bzw. einem bestimmten Körperteil deine konzentrierte Aufmerksamkeit widmest, können sich bereits Probleme und Anspannungen lösen.

Leichte Meditationen zum Ausprobieren

Vorbereitung:

Lege oder setze dich bequem mit geradem Rücken hin, am besten mit gekreuzten Beinen, da die Energie in einem Dreieck fließt. Lasse die Hände locker auf deinen Oberschenkeln liegen oder falte sie in deinem Schoß, was für dich angenehmer ist. Bitte deinen Geist, für die nächsten zehn Minuten ruhig zu sein, atme tief ein und aus.

Mantra-Meditation

Hier hilft dir ein bestimmtes Wort, deine Aufmerksamkeit zu binden, zum Beispiel das Wort »Ruhe« oder »Pause« oder »Frieden« – »om« geht natürlich auch. Schließe die Augen, atme ruhig ein und aus. Dann sprich dein Mantra einige Male leise vor dich hin, bevor du es dir dann in Gedanken vorstellst und seinem Klang nachspürst. Nach zehn Minuten tiefster Konzentration öffne wieder die Augen, atme bewusst dreimal tief ein und aus.

Energie-Meditation

Stelle dir eine Sonne in deinem Bauch vor, atme tief ein und aus und spüre, wie du in deinem Bauch Energie sammelst, so viel, wie du kannst. Dann stelle dir vor, du schickst diese Energie beim Ausatmen zu deinem Steißbein. Von dort aus lasse die Energie durch deine Wirbelsäule bis in deinen Kopf strömen und wieder zurück, diesmal auf der Vorderseite deines Körpers. Vielleicht magst du an einem Ort länger verweilen, deine Stirn, dein Mund, dein Herz, dein Bauch ... lass die Energie auch in deine Arme und Beine wandern, bis du überall hell und warm wie die Sonne bist.

Eigenschafts-Meditation

Durch Konzentration und Affirmation kannst du positive Eigenschaften bzw. Gefühle in dir verankern. Zum Beispiel Sätze wie »Ich bin schön und gut, so wie ich bin« oder »Ich habe Kraft« oder »Ich darf glücklich sein«. Wichtig ist, dass du deinen Satz positiv formulierst! Dann wiederhole deine Affirmation »Ich bin schön OM OM OM« ein paar Minuten lang. Denke über Schönheit nach, definiere sie, stell dir vor, du würdest einen Aufsatz über Schönheit schreiben, indem du ihre Vor- und Nachteile erläuterst. Denke an jemanden, der selbst schön ist, eine real existierende Person, aus deinem Freundeskreis, aus den Medien. Dann visualisiere dich selbst, wie du als Schönheit auftrittst, bewundert, bejubelt. Wiederhole ein paar Mal »Ich bin schön OM OM OM«.

Am besten führst du diese Meditation an drei Tagen hintereinander durch.

3. Stark und schön durch Mudras

Wir kennen Mudras, das sind bestimmte Handgesten aus dem Hinduismus und Buddhismus, und sie werden oft beim Yoga gelehrt. Man geht davon aus, dass bestimmte Fingerstellungen den Energiefluss im Körper begünstigen. Wenn du die folgenden Mudras hältst, hilfst du deinem Körper, physische wie psychische Überbelastungen auf der energetischen Ebene auszugleichen, zum Beispiel kannst du damit bei Hyperaktivität »runterkommen« oder im Gegenteil dich besser konzentrieren. Probiere diese uralte asiatische Reinigungshandlung einfach mal aus! Wichtig: Setze dich aufrecht hin und stelle beide Füße nebeneinander auf den Boden. Atme tief und führe die Mudras mit beiden Händen aus, die Fingerspitzen dürfen einen Druck spüren.

Mach ich unterm Tisch im Unterricht!!!

 **Hakini-Mudra:** Die Fingerspitzen beider Hände berühren sich. (Zur Konzentration, hilft den Gedanken auf die Sprünge.)

Prithivi-Mudra: Die Spitzen von Ringfinger und Daumen einer Hand berühren sich. (Stressabbau, gibt inneren Halt, stärkt Selbstvertrauen.)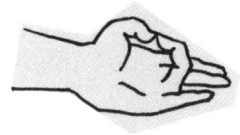

Guyan-Mudra: Zeigefinger und Daumen for-men einen Kreis. (Beruhigt, erhöht Konzent-ration, Kreativität und Aufnahmefähigkeit.)

**Prayer-Mudra:** Beide Handflächen aufeinander-legen. (Zentriert Konzentration und Besinnung auf dein Ich.)

4. Strahlende Ausstrahlung

Das Gefühl kennst du auch: Jemand betritt den Raum, lächelt freundlich in die Runde – und wird von allen wahrgenommen, weil er oder sie eine tolle Ausstrahlung hat. Dieser Mensch wirkt nicht, weil er so hübsch aussieht, sondern weil er Kraft und Stärke signalisiert, in sich ruht und allen zeigt: Hier bin ich und so schnell kann mir keiner was!

Wenn du eher zu den schüchternen Mädchen gehörst und dann immer denkst, so werde ich nie: Relax! So musst du auch nicht sein. Es gibt einfach Menschen, die von Natur aus mit einem gesunden Selbstbewusstsein gesegnet sind, und andere, die sich das erst in einem langen Weg hart erarbeitet haben. Und manch-mal ist es auch eine sanfte, zurückhaltende Ausstrahlung, die andere Menschen anspricht.

Der Trick von allen aber ist: Selbstbewusste Menschen sagen Ja statt Nein und sie gucken nach vorne, selten zurück. Und sie schauen zuerst auf SICH SELBST und dann noch lange nicht auf die anderen. Anders gesagt: Wenn du dich ständig nur ver-gleichst, wirst du auf Dauer unzufrieden, weil du garantiert im-mer etwas findest, was irgendjemand anderes besser kann (es sei denn, du schaust bewusst auf das Negative bei anderen). Wichtig ist also, dass du AUF DICH guckst, was DU kannst, was DU hast und wie DU bist – und die Kritiker in deinem Kopf schlichtweg auf Sendepause stellst.

Der 10-Minuten-Positiv-Scanner:

Nimm dir zehn Minuten Zeit, suche deine Umgebung bewusst nach schönen Dingen ab und schreibe sie auf. Vielleicht sitzt du gerade in deinem Zimmer. Was ist schön um dich herum? Das kann ein besonders tolles Shirt sein, dein Lieblingsrock, aber auch ein schönes Heft, eine Pflanze, deine Katze, deine Kuschelecke ... Wenn du denkst, hier ist nix Schönes: Scanne noch mal, ob es wirklich so ist. Falls du zu dem Ergebnis kommst, da geht noch was, sorge für dich und umgebe dich mit mehr schönen Dingen. Kann ja sein, dass der Kaktus wirklich zu vertrocknet ist oder das Kissen zu oll ... Falls du merkst, ja, um mich herum gibt es doch lauter schöne Dinge, ich habe sie bisher nur nicht wahrgenommen: Glückwunsch! Erlaube deinem Positiv-Scanner auch Einsätze außerhalb deines Zimmers und achte auf noch mehr positive Dinge in deiner Umgebung. Funktioniert übrigens auch für Personen ...

Variante für alle, die gerne Tagebuch und/oder Listen führen: Wonderful-Notes. Du schreibst vier Wochen lang jeden Abend auf, was du Positives über dich erfahren hast. Wenn dich jemand gelobt oder für ein Outfit bewundert hat, wenn du ein freundliches Feedback bekommen hast. Und wenn mal wieder jemand über dein chaotisches Verhalten gemeckert hat? Dann suche die Sonnenseite zur Schattenseite »chaotisch« und schreibe die auf: »inspirierend und kreativ, weder in Regeln festgefahren noch spießig«. (Oder auch: nicht geizig, sondern sparsam, nicht egoistisch, sondern zielorientiert, nicht faul, sondern relaxed, nicht pickelig, sondern ein ganz normaler, gesunder Teenie ...)

Positiv-Show

Wenn du dich selbst schlechter machst, als du in Wirklichkeit bist, übernehmen andere diesen Gedanken, bestätigen dich darin und du wirst wiederum denken: Richtig, ich bin dumm, unbegabt und nicht liebenswert. Garantiert bist du weder das eine noch das andere … wenn du keine Lust mehr hast auf Negativ-Show, picke dir einen Aspekt heraus und fange an, ihn positiv zu besetzen, und zwar sofort, ohne lange darüber nachzudenken:

● Ich bin dumm – aber nur in Mathe, die anderen Fächer laufen gut.

● Ich bin nicht liebenswert – aber nur, weil der Idiot von Max mich nicht gut findet, heißt das noch lange nichts.

● Ich bin unbegabt – aber nur im Turnen, in Leichtathletik bin ich ein Ass.

● Ich bin dick – aber im Vergleich zu der magersüchtigen Anna ist das jeder.

● Ich kann mich schlecht motivieren – aber immerhin lese ich dieses Buch, und das ist doch schon die halbe Miete.

Glücksbild

Manchmal hilft es, gute Gefühle und positive Gedanken zu visualisieren. Male und gestalte dein persönliches Glücksbild mit all den Dingen, die dich glücklich machen. Am besten besorgst du dir eine Leinwand/einen Keilrahmen in der für dich passenden Größe (nicht zu klein und nicht zu groß). Dann sammelst du als Vorlage lauter Dinge, die dir Freude bereiten. Das können sein:

● Ein Lieblingsbild von dir, wie du lachst.

● Dein Lieblingstier.

● Lieblingsorte (Postkarten, Ausdrucke).

- Lieblingsfundstücke (Stein, Ast, Muschel).
- Lieblingsworte oder -sprüche.
- Lieblingsbilder von deinen Lieben.

Wähle nun deine Lieblingsfarben (und wenn kein Orange und Gelb dabei ist, bitte auch diese!) und gestalte nun dein persönliches Glücksbild. Gut trocknen lassen und gut sichtbar aufhängen. Du wirst sehen, beim Betrachten machen sich lauter warme und gute Gefühle in dir breit.

Glückssatz

Suche dir einen der folgenden Sätze als deinen persönlichen Glückssatz heraus und schreibe ihn dir in Schönschrift ab:

Das Glück besteht darin, zu leben wie alle Welt und doch wie kein anderer zu sein.
Simone de Beauvoir

Wenn du aufhörst zu suchen, findest du dein Glück.
Johann Wolfgang von Goethe

Wer an das Glück glaubt, der hat Glück.
Friedrich Hebbel

Lache – und die Welt gehört dir!

Ich liebe mich.

Wir lachen nicht, weil wir glücklich sind, sondern sind glücklich, weil wir lachen.
M. Kataria

Glücksperlen

Stecke dir morgens zehn Glasperlen in deine Jackentasche. Für alles, was du an diesem Tag Schönes erlebst, legst du eine davon in deine andere Tasche. Abends dann zählst du deine Perlen und erinnerst dich, worüber du dich heute gefreut hast: über ein Kompliment von deinem Lehrer für dein Referat, über ein tolles Gespräch mit deiner besten Freundin, über ein leckeres Essen von deinem Vater, über ein freundliches Dankeschön der alten Omi ... sammle Glücksmomente, die dir ein Lächeln ins Gesicht zaubern und dich strahlen lassen.

Wenn du abends nur eine oder keine Perle in deiner Tasche hast, versuche, deinen Blick auf das zu wenden, was immer gut ist: Du hast ein warmes Bett, du atmest, du hast dich ... du lebst.

... aber auch von außen

Noch mal: Wir leben in einer Gesellschaft, in der Menschen fast nur noch nach ihren Äußerlichkeiten und ihren Statussymbolen beurteilt werden. Warum das so ist, mag vielerlei Gründe haben (Entwicklung der Konsumgesellschaft, Jugendwahn, Geiz-ist-geil-Mentalität, Postmoderne, Anything-goes-Denken), die an dieser Stelle nicht ausgeführt werden können ... Vielleicht ist es so, dass die individuellen Werte eines Menschen immer weniger zählen und zugunsten eines uniformellen Massendaseins aufgehoben werden, alle wollen jung sein, hören die gleiche Musik, besitzen iPods und Smartphones, tragen den gleichen Style ...

Deswegen wäre es gelogen, dir hier zu erzählen, dass nur innere Werte zählen und Äußerlichkeiten überhaupt nicht wichtig sind. Du sollst dich schön finden, du sollst schön sein, du sollst alle Blicke auf dich ziehen! Aber nicht, weil du so aussiehst wie Lara Müller aus der Parallelklasse oder wie die hübsche Blonde aus der Casting-Show. Nein, du bist schön, weil du so bist, wie du bist, einzigartig, mit Ecken und Kanten, ein paar Pickel am Kinn, braunen, fettigen Haaren und einem Körper, der aktuell in alle Richtungen wächst. Weil du du selbst bist und niemand anderes und das auch ausstrahlst – deswegen bist du schön! Denke mal an Frauen wie Beth Ditto, die ihre rund hundert Kilo in enge Kleider quetscht und zur Stilikone geworden ist (natürlich inszeniert sie sich auch selbst dabei, ähnlich wie Lady Gaga, die mit ihren Kostümierungen von ihrer großen Nase ablenkt ...)

> **Das Vergleichen ist das Ende des Glücks**
> **und der Anfang der Unzufriedenheit.**
> Søren Kierkekaard

Spiele das Spiel um Äußerlichkeiten mit, aber nach deinen Regeln. Und mach dir klar: Wer sich nur auf sein Aussehen reduzieren lässt, wer nur darauf fixiert ist, schön zu sein und zu gefallen, wird immer nur das sehen, was er nicht hat, kann nur scheitern und unglücklich werden, weil er im Vergleich mit anderen zwangsläufig den Kürzeren ziehen muss.

Positiv formuliert: Schau nach innen! Schau auf dich! Finde heraus, wer du bist, was du kannst, wie schön DU für DICH bist! Schönheit macht glücklich, aber nur, wenn du dich selbst auch schön *fühlst*.

Um dich von anderen geliebt und anerkannt zu fühlen, musst du dich zuallererst selbst anerkennen und lieben. Wenn du dich selbst nicht gut findest, ein negatives Bild von dir und deinem Körper hast, dann wirst du es auch nicht glauben, wenn dir andere Menschen Komplimente machen. Die Tipps und Übungen in diesem Buch helfen dir dabei!

Es gibt in der Drogerie jede Menge Cremes, Peelings und Masken, oft recht gute und meistens auch zu einem erschwinglichen Preis. Doch wenn du die Maske nicht verträgst oder sie sich für deinen Hauttyp als ungeeignet herausstellt, hast du leider Pech gehabt. Taschengeldfreundlicher und ökologischer ist es, Peelings und Masken selbst herzustellen. Dann weißt du, was drin ist, und kannst ausprobieren, was zu dir passt und was du gut verträgst. Deswegen findest du hier jede Menge tolle Pflegetipps zum Selbermachen. Am lustigsten ist es natürlich, die folgenden Rezepte, Tipps und Übungen mit deiner Freundin auszuprobieren. Verabredet euch zu einem Beauty-Nachmittag oder einer Mitternachtsparty und sorgt dafür, dass ihr eine Weile im Badezimmer ungestört seid. Die Zutaten dazu befinden sich meistens in der Küche (bitte vorher nachfragen!) oder sind für wenig Geld zu kaufen. Und wer Probleme damit hat, sich Lebensmittel ins Gesicht zu schmieren, dem sei gesagt: Immer noch besser als Chemie!

Die folgenden Rezepte, Schönheits-masken und Tipps sind unterteilt in

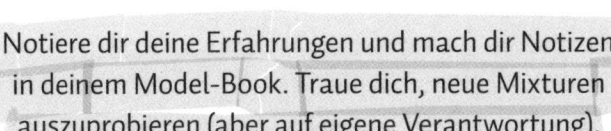

- Gesicht
- Hände
- Füße
- Körper

Notiere dir deine Erfahrungen und mach dir Notizen in deinem Model-Book. Traue dich, neue Mixturen auszuprobieren (aber auf eigene Verantwortung).

GESICHT

Bevor du loslegst:

- Bestimme zuerst deinen Hauttyp! Hast du eine fettig-glänzende, zu Pickeln neigende Haut? Eher trockene Haut? Normale Haut? Oder eine Mischhaut?
- Vor dem Peeling und/oder der Maske die Gesichtshaut immer gründlich reinigen.

- Hinterher das Peeling oder die Maske mit viel lauwarmem Wasser abspülen oder die Maske mit einem Tuch vorsichtig abnehmen.
- Danach die Haut sorgfältig mit einer passenden Pflege eincremen.
- Die Angaben beziehen sich jeweils auf eine Anwendung.
- Bitte immer mit sauberen Utensilien arbeiten! Wenn du öfters Masken zubereitest, lege dir einen extrabreiten Pinsel zum Auftragen zu.
- Eine Gesichtsmaske wirkt noch mal so gut, wenn du dich während der Einwirkzeit entspannst. Also aufs Sofa legen, Augen zu und chillen, chillen, chillen!

Kaffeesatz-Peeling – für seidenweiche Haut

Kaffeesatz (von sechs Tassen) mit etwas Speiseöl vermischen und sanft ins Gesicht einmassieren. Gründlich abspülen.

Zitrusmaske – erfrischt und stärkt

Verrühre zwei Esslöffel Quark mit einem Teelöffel Zitronensaft und lasse die Maske fünfzehn Minuten einwirken. Danach mit viel lauwarmem Wasser gründlich abwaschen.

Hefe-Maske – klärt das Hautbild

Ein Päckchen Trockenhefe mit etwas Milch zu einem dickflüssigen Brei vermengen. Nach dem Auftragen etwa zehn Minuten einwirken lassen und mit einem feuchten Tuch entfernen.

Gurken-Joghurt-Maske – Erfrischung bei fettiger oder sensibler Haut

Eine Gurke pürieren, mit zwei bis drei Esslöffeln Joghurt oder Quark verrühren. Dann die Maske auf das gereinigte Gesicht auftragen, zehn Minuten einwirken lassen und mit lauwarmem Wasser gründlich abwaschen.

Tomatenmaske – wirkt antibakteriell bei Pickeln

Zwei Tomaten und einen Teelöffel Honig in einem Mixer pürieren. Für zehn Minuten aufs Gesicht auftragen und mit viel lauwarmem Wasser abspülen.

Leinsamenmaske – bei grobporiger, unreiner Haut

Eine Tasse zu einem Drittel mit geschrotetem Leinsamen füllen und mit heißem Wasser aufgießen. Den Brei kurz aufquellen lassen. Nun auf das gereinigte Gesicht auftragen und fünfzehn Minuten einwirken lassen. Mit lauwarmem Wasser abspülen.

Schoko-Maske – verwöhnt normale Haut

Eine Tafel Schokolade und ein Esslöffel Jojobaöl (ersatzweise Honig oder Olivenöl) vorsichtig im Wasserbad schmelzen und etwas abkühlen lassen. (Vorsicht, Masse nicht zu fest werden lassen!) Nach dem Auftragen etwa fünfzehn Minuten einwirken lassen und abwaschen.

Obstsalat-Maske – spendet Feuchtigkeit

Eine Scheibe Ananas (Papaya) zusammen mit drei Erdbeeren, einer halben Gurke, einem Teelöffel Honig und einem Teelöffel Joghurt im Mixer pürieren. Die Maske auf das noch nasse Gesicht auftragen, zehn Minuten einwirken lassen und mit lauwarmem Wasser abspülen.

HÄNDE

Deine Hände sind täglich im Einsatz – deine Greifwerkzeuge, aber auch eine Art Visitenkarte, denn wie dein Gesicht sind sie für jedermann sichtbar. Gewöhne dir an, sie regelmäßig abends vor dem Einschlafen einzucremen. Und gönne dir dann und wann ein größeres Pflegeprogramm.

Bevor du loslegst:
- Nimm dir ausreichend Zeit!
- Beginne erst mit einem Handbad, das macht die Haut schön weich.
- Gönne deinen Nägeln vor der Maske eine ausgiebige Maniküre.
- Masken wirken unter Baumwollhandschuhen intensiver.
- Arbeite mit sauberen Utensilien und frischen Handtüchern.

Maniküre

Schiebe die Nagelhaut sanft mit einem Pferdefüßchen zurück, feile deine Nägel gleichmäßig und zupfe vorsichtig überstehende Nagelhaut ab.

Honig-Maske für samtweiche Hände

Raue Stellen vorher mit Zitronensaft abtupfen, so wird die Haut aufnahmefähiger. Dann dickflüssigen Honig auf die Hände auftragen, fünf Minuten einziehen lassen und mit viel lauwarmem Wasser abspülen.

Quark-Beruhigungsmaske bei sehr rauen Händen

Vier Esslöffel Sahnequark mit einem frischen Eigelb verrühren. Auf die Hände auftragen und dreißig Minuten einwirken lassen, danach gut abspülen.

Mandelstarke Fingernägel

50 Gramm gemahlene Mandeln mit heißer Milch zu einem feinen Brei vermischen. In zwei Schälchen abfüllen, abkühlen lassen und für zehn Minuten die Fingerspitzen darin eintauchen.

Nägel lackieren

Die einen mögen French Style (heller Nagellack, weiße Ränder), andere rote oder knallfarbige Nägel. Das ist Geschmackssache! Wenn es perfekt sein soll, trägst du als Erstes einen Unterlack auf. Das hat mehrere Vorteile: Der Nagel verfärbt sich nicht, kleine Unebenheiten im Nagel werden ausgeglichen und die Lackschicht hält besser. Wenn der Unterlack gut getrocknet ist, lackierst du mit dem farbigen Nagellack darüber. Arbeite sorgsam und mit sicherer Hand, immer vom Nagelansatz bis zur Spitze und niemals die Nagelhaut lackieren. Ziehe den Pinsel durch, ohne abzusetzen, dann wiederholst du diesen Strich links und rechts davon. Wird der Nagel nicht komplett eingefärbt, wirkt er optisch schmaler. Gut trocknen lassen! Lackiere jetzt eine zweite Schicht oder nimm einen Überlack, um deine Nägel kratz- und stoßfest zu machen.

Nagelstudios bieten zu günstigen Preisen künstliche Nägel an. Das kann bei abgekauten Nägeln eine sinnvolle Alternative sein, vorausgesetzt, das Studio arbeitet hygienisch einwandfrei und deine neuen Nägel passen zu deinem Typ. Wenn du es mal ausprobieren willst, kannst du dir in der Drogerie ein Set künstlicher Nägel kaufen. Überlege dir, ob langfristig deine eigenen Nägel nicht gesünder und echter an dir wirken und du sie mit Nagelöl und täglicher Aufmerksamkeit nicht schön machen kannst.

FÜSSE

Auf deinen Füßen stehst du den ganzen Tag! Und sie leisten Schwerstarbeit, tragen dein Körpergewicht, federn bei jedem Schritt sogar das Doppelte ab und werden zum Dank in enge Schuhe gesperrt, sommers wie winters. Sie haben regelmäßig ein Pflegeprogramm verdient!

Ich laufe sooo gerne barfuß!!!

Bevor du loslegst:
● Nimm dir ausreichend Zeit!
● Beginne erst mit einem Fußbad, das macht die Haut schön weich.
● Wenn du regelmäßig ein Fußbad machen willst, lege dir eine eigene Schüssel hierfür zu.
● Ein Fußbad sollte nie zu warm sein und nie länger als fünfzehn Minuten dauern.
● Gönne deinen Füßen vor der Maske eine ausgiebige Pediküre.
● Entferne die Hornhaut, aber nie zu viel! Am besten verwendest du einen Bimsstein.
● Masken wirken unter dicken Baumwollsocken intensiver.
● Arbeite mit sauberen Utensilien und frischen Handtüchern.

Pediküre

Zehennägel kürzt du am besten mit einer Nagelzange und knipst nur die Kuppe weg. Die seitlichen Ränder bitte nicht schneiden, weil scharfe Ecken entstehen können, die dann einwachsen. Mit einer Feile rundest du dann die Nägel ab und glättest die Kanten. Abschließend kannst du die Nagelhaut der Zehen vorsichtig zurückschieben.

Fußmassage für beste Freundinnen: Während deine Freundin in eine Decke gehüllt entspannt auf dem Rücken liegt, sind ihre Füße in deinen Händen gut aufgehoben. Sie sollte dir zwischendurch immer mal berichten, wie sie sich dabei fühlt oder ob du zu fest arbeitest. Massiere mit Öl oder einer speziellen Fußcreme. Beginne immer mit dem rechten Fuß.

Streiche zunächst ein paar Mal mit einem kräftigen Händedruck von den Fußzehen Richtung Knöchel und zurück, um auf die folgende Massage einzustimmen.

Massiere dann den Fußrücken mit beiden Daumen von den Zehen zum Sprunggelenk. Dann gleiten die Finger wieder sanft zurück und arbeiten sich wieder hoch (dreimal wiederholen).

Dann wird der Fußrücken quer massiert, d. h., du legst deine Daumen versetzt nebeneinander auf den Fußrücken und ziehst die Haut mit sanftem Druck auseinander.

Wiederhole diese Streichungen dreimal auf der Fußsohle, von den Zehen bis zur Fußsohle.

Jetzt zupfst du noch die »Schwimmhäute« der einzelnen Zehen.

Zum Abschluss streiche den Fuß gegengleich aus, d. h. an der Innenkante von den Zehen Richtung Ferse, an der Außenkante von der Ferse Richtung Zehen.

Wiederhole dann die Massage am linken Fuß – und bitte danach deine Freundin, deinen Füßen gutzutun.

Kräuterfußbad für müde Füße

Etwa fünf Liter warmes Wasser in eine Schüssel geben und je eine halbe Tasse Pfefferminzblätter, Kamille- und Lavendelblüten (getrocknet oder frisch) einrieseln lassen. Geht auch mit Fichtennadeln, Zitronenmelisse oder Rosmarin, ersatzweise auch mit Zitronen- oder Limettensaft.

Verwöhnfußbad

Ein halbes Glas Sahne mit zwei Tropfen Lieblingsöl verrühren.

Anti-Stinkefuß-Bad

Etwa fünf Liter warmes Wasser in eine Schüssel geben und eine Tasse Salbeiblätter. Für einen guten Erfolg regelmäßig durchführen.
Gegen Schweißfüße helfen außerdem Einlegesohlen aus Zedernholz (gibt es sogar für Pumps!) sowie regelmäßiges Socken- und Schuhewechseln.

KÖRPER

Was gibt es Schöneres als ein ausführliches Pflegeprogramm für deinen ganzen Körper?
Bevor du loslegst:

- Nimm dir ausreichend Zeit.
- Lege dir deinen Bademantel und saubere Handtücher zurecht.
- Sorge für eine entspannte Stimmung im Badezimmer (Kerzen, Duftlampe, Musik).
- Lege dich hinterher für mindestens zwanzig Minuten zum Chillen aufs Sofa.

Peelings am besten immer in der Dusche durchführen!

Zucker-Peeling für den Körper

Verrühre in einer Schüssel eine Tasse Zucker, vier Esslöffel Olivenöl und den Saft von einer Zitrone. Dann massierst du das Peeling mit feuchten Händen und mit kreisenden Bewegungen auf deinen Körper. Mit warmem Wasser abspülen. Tipp: Bei unreiner Haut Meersalz statt Zucker verwenden!

Luxus-Honig-&-Milch-Bad – für samtweiche Haut

Erwärme vorsichtig zwei Liter Vollmilch und rühre gut eine Tasse Honig hinein. Dann gieße die Mischung ins warme Badewasser. Damit die Milch nicht flockt, sollte das Wasser nicht wärmer als 36 °C sein. Nicht länger als zwanzig Minuten baden.

Pflegebad al gusto

Vermenge einen Becher Sahne mit fünf Esslöffeln Olivenöl. Gieb dann drei Tropfen deines Lieblingsduftes hinzu (ätherisches Öl, Parfum). Die Zutaten gut mischen und den Mix zum Badewasser geben.

Zitronenbad – befreit die Haut von Unreinheiten

Sechs bis acht Bio-Zitronen waschen und schälen. Schalen und Früchte in eine Schüssel geben und mit heißem Wasser übergießen. Am besten über Nacht ziehen lassen. Am nächsten Tag die Flüssigkeit ins warme Badewasser geben und die Zitronen in einem Säckchen ins Badewasser hängen.

SOS-Hilfe bei Problemfällen:

Raue Hände: Dick eincremen und Baumwollhandschuhe anziehen, am besten über Nacht!

Raue Ellenbogen: Regelmäßig peelen, mit Zitronensaft abreiben und eincremen.

Eingerissene Fingernägel: Abschneiden, feilen und zum Schutz ein Pflaster drüberkleben. Bloß nicht kauen!

Blasen: Blasenpflaster helfen Wunder! Nicht aufstechen.

Hornhaut: Regelmäßig mit Bimsstein entfernen (nicht hobeln!), mit spezieller Creme pflegen und so für weiche Haut sorgen.

Sinas Model-Work-out

Falls du kein Fitnessfan bist: Relax! Viele Mädchen und Frauen gehen lieber zu Pilates und Yoga, anstatt sich im Konditionstraining auszupowern. Egal, ob du lieber Tennis, Golf, Handball, Fußball, Basketball oder Volleyball spielst, reitest, joggst, turnst, schwimmst, spazieren gehst oder eben Yoga machst – Hauptsache, du tust etwas für dich und deinen Körper, am besten zwei- bis dreimal pro Woche. DENN FÜR EINEN GESUNDEN KÖRPER IST SPORT SELBSTVERSTÄNDLICH!

Für alle, die etwas zur Straffung von Bauch, Beine, Po machen wollen, hier ein spezielles Work-out, das du jeden Tag locker innerhalb von fünfzehn Minuten durchturnen kannst. Wenn du merkst, da geht noch was, erhöhe die Wiederholungen, wenn du merkst, das strengt mich zu sehr an, mache bitte weniger.

Höre auf deinen Körper!!!

Du brauchst eine Isomatte und bequemes Sportzeug. Öffne am besten ein Fenster und lege Lieblings-Powermusik ein. Dann startest du dein persönliches Programm. Mache zwischen den Wiederholungen jeweils eine kurze Verschnaufpause.

---

1. Warming-Up: Fünf Minuten auf der Stelle joggen, hüpfen, hampeln; Arme und Beine lockern. Bitte nicht komplett verausgaben!

2. Ausfallschritt: Immer ein Schritt nach vorne, abwechselnd rechts, links, 3 x 8 Schritte pro Bein.

3. Beuge: An die Wand lehnen. So weit runterrutschen, bis Unter- und Oberschenkel einen 90-Grad-Winkel bilden. 3 x 20 bis 30 Sekunden halten.

---

4. Wippe: Auf den Zehenspitzen nach oben strecken. 3 x 20 bis 30 Sekunden halten.

5. Äußerer Oberschenkel: Breitbeinig hinstellen, rechtes Bein = Standbein, das linke seitlich lang ausstrecken. Fußspitzen und Oberkörper gerade. Gewicht auf das rechte Bein verlagern und den rechten Arm ausstrecken. Jetzt das linke Bein seitlich anheben (3 x 8 Wiederholungen), nicht dem Druck ausweichen und gerade stehen bleiben! Dann das Standbein wechseln und das rechte Bein trainieren.

6. Innerer Oberschenkel: Auf die Vorderkante eines Stuhles setzen, Rücken schön gerade, zwischen die Oberschenkel einen Ball klemmen und zusammenpressen. Muskelspannung so lange wie möglich halten, lockern, mehrmals wiederholen. Wenn kein Ball zur Verfügung steht: auf den Boden in etwas Abstand vor einen Stuhl setzen, Beine ausstrecken und mit den Füßen die Stuhlbeine von außen »packen« und pressen. Spannung so lange wie möglich halten, lockern, mehrmals wiederholen.

7. Unterer Rücken: Auf den Rücken legen, die Arme liegen neben dem Körper. Nun werden die Beine angehoben und im 90-Grad-Winkel nach oben gestreckt. Beine abwechselnd links und rechts absenken, die Kraft kommt dabei aus den Beinen und gleichzeitig aus dem Bauch, der Po wird ebenfalls mittrainiert. 3 x 10 Wiederholungen.

8. Bauch: Sit-ups, einfach und effektiv! Je länger, je lieber. Lege dich auf deine Fitnessmatte und winkele deine Beine an. Nun hebst du deinen Oberkörper leicht an. Die Arme werden dabei hinter dem Kopf verschränkt. Heb deinen Oberkörper nur ein wenig an, lass dir Zeit dabei! Mindestens 3 x 20 Wiederholungen. Fortgeschrittene führen diese Übung mit ausgestreckten, aber angehobenen Beinen durch.

9. Knackiger Po: Für den Becken-Lift auf den Rücken legen. Füße anziehen. Po heben, Oberschenkel und Rumpf bilden eine Linie. Ein Bein ausstrecken. 20 Sekunden halten. Seiten wechseln.

10. Kraft: Liegestütze!

11. Relax! Lang auf deiner Fitnessmatte ausstrecken, tief ein- und ausatmen. Arme und Beine auslockern, zusammenrollen wie ein Päckchen und langsam wieder öffnen. Gut gemacht!

Casting-King

Yeah, yeah, hipp-hipp-hurra: Ich bin von Carmen Herrera in die Kartei aufgenommen worden!!! Außerdem hat sie mir in Aussicht gestellt, in den Weihnachtsferien einen Crashkurs bei Grace zu absolvieren, auf Agenturkosten, versteht sich, und, jetzt halt dich fest: in einer echten Model-WG. Da lerne ich dann alles, was ich als Model können muss, um später bei Werbeaufnahmen oder Fashion Shows profimäßig auftreten zu können.

Ich Glückspilz! Das ist wie ein Sechser im Lotto!!!

Fetter Nachteil: Yannis hat mir beinahe die Freundschaft gekündigt, nur weil er nach seinem Vorstellungsgespräch bei ihr eine Absage erhalten halt. Jetzt ist er super-, super-, supereifersüchtig auf mich und schmollt und zickt rum, spricht kaum noch mit mir und trainiert noch verbissener als je zuvor. Seine Mutter Stefanie ist schon völlig genervt, weil Yannis aus jedem Blumenkübel-in-den-Keller-Tragen eine Trainingseinheit macht und beim Schneeschaufeln seine Muskeln spielen lässt. Sie steht dem Model-Business völlig skeptisch gegenüber und lässt keine Gelegenheit aus, mir unter die Nase zu reiben, dass alle Models sowieso nur gehirngewaschene Abziehbilder wären und ich jetzt auch noch so dämlich sei, darauf reinzufallen. Wo denn meine eigene Meinung geblieben sei, meine Selbstbestimmtheit, will sie wissen, und warum ich mich solch Weiblichkeitsdiktaten kritiklos unterwerfen würde, wie sie von den Medien propagiert würden ... Nerv! Yannis lässt trotzdem nicht locker und gibt nicht auf, er hat sich nun einmal in das Thema Modeln verbissen und will es unbedingt wissen. Deswegen nimmt er heute an einem Casting im Einkaufscenter teil.

Casting ist allgemein ein Auswahlverfahren von Schauspielern, Tänzern, Models, Sängern, um für Film, Theater, Zirkus oder Mode das passende Gesicht, den passenden Darsteller zu finden. Schauspieler müssen vorsprechen, Tänzer vortanzen und Models zeigen ihre Sedcard und ihr Model-Book. Welcher Casting-Typ du bist, kannst du auf Seite 114 herausfinden.

»Den drei Finishern winkt eine fette Prämie. Und außerdem Werbeverträge als Model und als Moderator. Wollen wir doch mal sehen, wer von uns Karriere macht«, hat er gesagt und ich habe einen fiesen Stich in meinem Herzen verspürt. Ich bin nämlich weit davon entfernt, jetzt schon Karriere zu machen, wie mir Carmen in unserem letzten Gespräch erklärt hat. Ausführlich hat sie mir dargelegt, worauf es beim Modeln ankommt und dass ich noch einiges zu lernen hätte: Catwalk, Benimm, Posing unter extremen Bedingungen, welche Auftragsarten es gibt ... Und ich hatte noch mal ein Test-Shooting, zu dem ich dank Vesnas Tipps völlig relaxed erschienen bin, denn sie hatte mir geraten, so normal und gepflegt wie möglich aufzutreten und vor allem: pünktlich zu sein.

»Bei einem Shooting liegen immer die Nerven blank«, hat sie erzählt, »ob beim Fotografen, beim Assi oder dem Kunden, einer macht immer Stress. Gut, wenn wenigstens du entspannt bist!«

Wenn du am nächsten Tag einen wichtigen Auftritt hast, egal ob Testshooting, Referat oder Bühne, helfen dir diese Tipps für ein gutes und sicheres Körpergefühl:

● Frisch gewaschene Haare, rasierte Beine und Achseln sowie gepflegte Haut sind gesetzt.

● Nägel kurz feilen, höchstens mit Klarlack lackieren.

● Schlafe vorher mindestens acht Stunden.

● Wenn du sehr aufgeregt bist, geh vorher joggen oder meditiere, je nachdem, was dir guttut.

● Falls du ein Shooting hast oder noch in ein Kostüm schlüpfen musst: Trage hautfarbene Unterwäsche und schminke dich nicht.

● Falls du einen Auftritt hast: Lege dein Outfit rechtzeitig vorher fest, von der Unterwäsche über den Schmuck bis hin zu den Schuhen.

● Lege auch deine Make-up-Utensilien fest, wähle passende Farben oder gönne dir einen extra »Auftritt«-Lippenstift.

Wenn Yannis heute gewinnt, ist er fein raus. Ich dagegen muss noch richtig ackern, wenn ich im nächsten Jahr den Erfolg einheimsen will. Aber weil ich meinen Freund so lieb habe und wir diesen Model-Traum schließlich gemeinsam träumen, auch wenn er aktuell so ätzend ist, begleite ich ihn zu der Veranstaltung im Einkaufscenter. Die Bühne füllt das gesamte Erdgeschoss, Scheinwerfer lassen eine künstliche Schneelandschaft gleißend hell erstrahlen, vor Aufregung habe ich Schluckauf. Yannis ist ebenfalls sehr aufgeregt, weil er gleich nicht nur posen, sondern auch eine Performance anmoderieren soll. Schließlich wollen die von der Casting-Agentur sehen, was er live draufhat. Zu diesem Zweck lutscht er ständig Zitronenbonbons, um seine Stimme zu ölen. Und wie er jetzt so zitronig duftend vor mir steht, männlich-herb und gepflegt zugleich, weiß ich, dass er heute Nachmittag große Chancen hat, den Wettbewerb zu gewinnen. Zumal die anderen Kandidaten teilweise grottenhässlich und peinlich angezogen sind. So zum Beispiel der Typ jetzt mit der Jeans, die ihm fast in den Kniekehlen hängt und den Ausblick auf seinen halben Hintern frei lässt. Außerdem trägt er eine tief sitzende Kappe, die sein gesamtes Gesicht verdeckt. Wie will so einer jemals öffentlich in die Kamera lächeln?

Oder die strohig blonde Wallehaar-Tussi, die in Overknees durch den Schnee stakst und beinahe hinfällt. Wieso läuft sie auf solch hohen Absätzen, wenn sie es sowieso nicht auf die Reihe kriegt? Und die Rothaarige trägt zwar eine dicke Schicht Make-up im Gesicht, aber erstens sieht man ihre Pickelchen trotzdem und zweitens wirkt ihre Haut an Oberarmen und Beinen im Vergleich dazu völlig nackt. Wenn ich es vorher nicht geglaubt habe, JETZT sehe ich, was Enrique mit der Bemerkung meinte: »Trau keinem Foto in einem Hochglanz-Magazin.« Denn Miezen wie ihr würde man die Haut komplett retuschieren, weil sie in echt unmöglich wirkt …

Es folgen noch etliche komische Figuren, bei denen nicht nur ich mich frage, warum ausgerechnet sie sich Chancen ausrechnen, Face of the Year zu werden. Kleo hatte sich auch beworben, ist aber in der Vorrunde rausgeflogen, weil sie den Veranstaltern zu mager war und diese Angst um ihren guten Ruf hatten – wer will sich schon nachsagen lassen, dass er auf gesundheitlich gefährdete Magermodels setzt. Jetzt ist Kleo erst recht frustriert, ich würde mich nicht wundern, wenn sie hierauf mit noch mehr Hungerexzessen reagieren würde.

Milli, Julia, Marco und Juri haben es sich natürlich auch nicht nehmen lassen mitzukommen. Und Malte, der sich in jüngster Zeit ebenfalls verstärkt fürs Thema Modeln interessiert (aber nur wegen der Zwillinge!), steht sichtlich stolz auf seinen jüngeren Bruder vor der Bühne. Als Yannis jetzt seine erste Runde dreht, klatschen und johlen alle begeistert Beifall. Er macht das aber auch wirklich gut, wie er souverän seine Jacke auszieht und mit einer lässigen Geste über die Schulter wirft. Als ein paar Mädchen aus dem Publikum »MEHR!!!« rufen, lächelt er charmant, wirft Kusshändchen in ihre Richtung, dreht noch eine Runde und läuft wieder zurück.

Malte grinst sich einen ab. Und ich kippe vor Erstaunen fast aus meinen Boots. Ist das wirklich MEIN Yannis, der da so formvollendet seinen Auftritt hinlegt? Als er dann eine halbe Stunde später ebenso charmant wie professionell den nächsten Programmpunkt anmoderiert, weiß ich auch ohne große Verkündigung, dass er das Casting heute gewonnen hat.

»Mann, oh Mann«, ruft Milli und klatscht begeistert Beifall, »da hat aber einer geübt, was?« Ihr Freund Marco grinst nur breit, nach dem Motto »Das ist nur was für warmgeduschte Weicheier«.

Julia bringt vor Bewunderung keinen Ton heraus, ich bemerke nur ihren schmachtenden Blick in Yannis' Richtung.

Alte Liebe rostet nicht oder wie war das?!

Yannis strahlt übers ganze Gesicht, als ihm die Jury zum ersten Platz gratuliert, und ich gönne ihm den Erfolg von ganzem Herzen. Freudig nimmt er einen Gutschein und den ob-

ligatorischen Blumenstrauß entgegen, lächelt im Blitzlichtgewitter und gibt der hiesigen Lokalreporterin gleich anschließend ein Exklusiv-Interview. Ich drängele mich durch die Menschenmenge hindurch, um ihm mit einem dicken Kuss zu gratulieren, woraufhin er mich liebevoll zurückküsst und mir stolz zuzwinkert. Während Yannis in den folgenden dreißig Minuten dauerfotografiert und -interviewt wird, lässt er meine Hand nicht los.

Der Model-Traum nimmt für Yannis leider ein abruptes Ende: Sowohl Stefanie als auch Oliver weigern sich, den Vertrag ihres Sohnes zu unterschreiben. Eigentlich hätte er sich das ja denken können, doch insgeheim hatte er wohl gehofft, seine Eltern mit vollendeten Tatsachen überzeugen zu können. Malte redet mit Engelszungen auf sie ein, sogar meine Mutter versucht, Stefanie umzustimmen, erzählt ihr von Grace und meinem erfolgreichen Gespräch bei Carmen Herrera. Aber daraufhin lädt Stefanie meine Eltern nicht zu ihrer alljährlichen Adventsparty ein. Natürlich versuche auch ich, Yannis` Mutter umzustimmen, doch ich beiße auf Granit: Keine Diskussion, keine Argumente, kein Gespräch möglich, es ist ein klares NEIN. Yannis, der dieses Casting mit großem Abstand zu seinen Mitbewerbern gewonnen hat, darf weder als Model noch als Moderator arbeiten!
Das trifft ihn umso härter, als er intensiv dafür gearbeitet und gelebt hat in den letzten Wochen, wohl wissend, dass es Jungs in dem Bereich viel schwerer haben als Mädchen. »Wir sind nun mal nicht von Haus aus blond und süß«, hat er immer gelästert, wenn ich ihn mit seinem Körperkult aufgezogen habe. »Wir können nur von euch lernen!«

Jetzt sitzt er stocksauer in seinem Zimmer, hat sich von allen abgeschottet und will niemanden sehen, auch mich nicht. Ich rufe an, schreibe Mails, schicke SMS, aber Yannis reagiert nicht, auch in der Schule geht er mir aus dem Weg.

So langsam ärgert mich das – was kann ich denn dafür, wenn seine Eltern überreagieren? Und wieso hat er das nicht vorher mit ihnen geklärt? Yannis wusste doch, wie ablehnend Stefanie der ganzen Sache gegenübersteht. Und er hat es trotzdem gemacht, heimlich. Aber das ist typisch Familie Dietrich, da bespricht man nur das Nötigste, wenn überhaupt.

> Wer ist jetzt hier die Spaßbremse?!
> Mir tut Yannis einfach nur fürchterlich leid
> und ich würde ihn so gerne trösten,
> aber er redet ja nicht mit mir.

Allerdings hat Yannis' Auftritt in unserer Klasse eine Lawine losgetreten: Bisher hatten sich alle nur mit Dunja und Vesna verglichen und sich die Sache mit Fashion Shows und dem Topmodel-Dasein ziemlich bald abgeschminkt. Jetzt aber haben sie alle gemerkt, dass es außer Catwalk noch etwas anderes gibt und dass man mit ein bisschen Disziplin und Glück etwas erreichen kann (vorausgesetzt, die Eltern spielen mit!): Die Rede ist von Model-Contests und Casting-Shows. Und seither vergeht keine Pause, ohne dass meine lieben Klassenkameraden nicht über DSDS, Das Supertalent oder Popstars reden.

Unter **www.casting-verzeichnis.de** findest du eine umfangreiche Übersicht sämtlicher Casting-Shows in Deutschland, Österreich und der Schweiz.

Jolina hat sich in den Kopf gesetzt, dieses Jahr Miss Christmasworld zu werden. »Immer noch besser als Miss Teenie-Disco«, hat sie gegrinst, »denn dafür müsste man halb nackt auftreten. Nicht, dass ich das nicht auch könnte ...« Sie hat sich für ihre Bewerbung als Miss Christmasworld einen knallroten Mantel besorgt, unter dem sie einen Catsuit aus weißem Samt trug. Ich war leider bei der Veranstaltung am Nikolaustag nicht dabei, habe mir aber von Kleo alles erzählen lassen. Der Mantel war wohl innen weiß, und wenn man ihn wendete, umgab er sie wie ein funkelndes Schneekleid. Zusätzlich trug Jolina lauter kleine, blinkende Sterne in ihrem langen dunklen Haar. Weil sie außerdem sämtliche Fragen rund um Weihnachtstraditionen, Plätzchenzutaten und Glühweinrezepte beantworten und der kritischen Jury – bestehend aus unserer OB, einem Model-Scout und einer hiesigen Sängerin – sogar den Unterschied zwischen Nikolaus und Weihnachtsmann erklären konnte, wurde sie tatsächlich zur Miss Christmasworld gekürt.

Auch du kannst die Krone tragen: Ob Karnevals-, Spargel-, Erdbeer-, Kartoffelprinzessin, Weinkönigin oder Miss Christmas – überall gibt es entsprechende Wettbewerbe, bestimmt auch in deiner Stadt oder in deinem Dorf.

Jetzt fährt Jolina tagtäglich strahlend wie eine geschmückte Weihnachtstanne in einer weißen Kutsche durch die Stadt, verteilt in Gemeinden, Kinderhäusern, Obdachlosenheimen und an Straßenkinder kleine Päckchen und schwört, dass sie ihr Leben lang nichts anderes machen möchte, als Weihnachtsengel zu spielen.

»Da mache ich wenigstens etwas Sinnvolles«, hat sie gelächelt, »und stelle nicht einfach nur meinen Körper zur Schau.« Und das von einem Mädchen, das sonst nicht gerade zimperlich veranlagt ist, wenn es darum geht, viel Haut zu zeigen. Aber wir alle finden ihr soziales Engagement toll und sind natürlich neidisch, weil sie so viel Aufsehen erregt und jeden Tag ein Bericht von ihr in der Zeitung steht.

»Na und«, hat Julia geschmollt und dabei Yannis angeschaut, »ich war schließlich auch schon mal Miss Ibiza …«

 Bei einem Schönheitswettbewerb geht es um das Aussehen einer Person. Nach einem bestimmten Punktesystem werden die Kandidatinnen und Kandidaten von einer unabhängigen Jury bewertet. Am bekanntesten sind die Miss-Wahlen zur Miss World/Miss Universe/Miss  Germany; in vielen Städten werden in Discotheken ebenfalls kleine Schönheitswettbewerbe durchgeführt.

Wenn du magst, kannst du dich unter *www.missdeutschland.de* über das Procedere informieren und die Teilnahmebedingungen einsehen. Bei der Wahl zur Miss Germany geht es zum Beispiel u. a. im ersten Durchgang um Ausstrahlung und Aussehen, im zweiten um Figur und Gang …

Die Frage, die sich stellt: Wer entscheidet eigentlich, was schön ist?!?!?!?!?!?!?!?!?!?!?!?!?!?!

»In der Mini-Disco, oder was?«, hat Milli sie prompt angezickt.
»Das ist doch alles Kinderkram. Miss Ibiza, Miss Christmas-
world, demnächst bewerbt ihr euch noch um den Titel der Miss
Osterhase ... «

»Jetzt sei mal nicht neidisch«, hat sich Jolina verteidigt, »du
würdest ja noch nicht einmal Miss Muffin werden!« Sie hat mir
zugezwinkert und ich habe mir meinen Teil gedacht. Milli würde nämlich allzu gerne auch an so einem Schönheitswettbewerb
teilnehmen. Aber auch ihre Eltern haben etwas dagegen und
es ihr strikt verboten, weil sie um den guten Ruf der Familie
fürchten. Und so teilt sie mit Yannis das gemeinsame Schicksal:
Beide warten sehnlichst auf ihren 18. Geburtstag!

Ich dagegen bin fein raus, all der Trouble interessiert mich wenig, zumal Yannis nach wie vor schmollt und mich das tierisch
mitnimmt. Aus Trotz hat er mit dem täglichen Training und
seiner Körperpflege aufgehört, was zur Folge hat, dass er bin-
nen zwei Wochen fünf Kilo schwerer ist (Plätzchen!!!), strähni-
ge Haare hat und streng riecht (war es wirklich Yannis, der mir
mal einen Beauty-Nachmittag vorgeschlagen hat?). Was auch
immer ich anstelle, es gelingt mir nicht, ein vernünftiges und
versöhnliches Wort mit ihm zu sprechen. Also stürze ich mich
mit Feuereifer in die Vorbereitungen für meinen Model-Kurs
mit Grace. Gleich am zweiten Weihnachtsfeiertag soll's losge-
hen, natürlich sind Vesna und Dunja auch dabei. Letztere war
zwar überhaupt nicht erpicht auf Model-Gezicke in einer noch
dämlicheren Model-WG, wie sie sagt, hat aber keine Chance,
sich der mütterlichen Entscheidung zu entziehen.

»Als ob ich das nicht alles auswendig könnte«, mault sie, während sie am Tag vor unserer Abreise bei mir im Zimmer hockt
und mir beim Packen zuschaut. Mama und Papa haben mir zu
Weihnachten einen himbeerroten Hartschalenkoffer geschenkt,

Oma Doris hat den dazugehörigen Kosmetikkoffer spendiert. Ist zwar ein Kofferset von Aldi, aber dafür riesig groß und in einer absolut angesagten Farbe. Um mich verstreut liegt der gesamte Inhalt meines Kleiderschranks.

»Ich weiß gar nicht, was du hast!«, entgegne ich ihr fröhlich, während ich aus dem Kleiderhaufen meine schönsten Shirts heraussuche. »Wellness, Massagen, Make-up-Unterricht ...« Ich bin ordentlich aufgeregt und kann es kaum erwarten. Seit Tagen sortiere ich meine Klamotten und überlege, was ich alles einpacken soll – und was nicht.

»Frühsport, Posing, Laufstegtraining ... träum weiter, Sina. Das ist kein Feriencamp.« Dunja guckt mich kopfschüttelnd an. Dann nimmt sie mir mit einer energischen Geste meine Lieblings-Bollerhose aus der Hand, die ich mir gerade für den Feierabend einpacken wollte. Stattdessen greift sie zu meinem nigelnagelneuen Adidas-Vintage-Anzug. »Du bist jetzt ein Model. Da kannst du nicht anziehen, was du willst«, meint sie kopfschüttelnd. »Und wenn du mich fragst, diese Schuhe hier gehen gar nicht.« Sie deutet auf meine knallroten Pumps, in denen ich so gut laufen kann.

»Aber das sind die höchsten Absätze, die ich habe!«, jammere ich und knäuele meine olle Jogginghose heimlich in den Koffer. »Wer weiß, ob die High Heels in meiner Größe zum Üben dahaben.« Trotzig lege ich die Schuhe dazu.

»Worauf du dich verlassen kannst, meine Liebe«, grinst Dunja. »Ebenso wie ausreichend Make-up, Lidschatten in allen Farbnuancen, Nagellacke, Lippenstifte, um die verschiedenen Looks an dir zu testen. Aber packe auf alle Fälle deine persönlichen Lieblingsfarben ein, für den natürlichen Freizeit-Look bist nämlich du verantwortlich.« Dann sucht sie mir zu meinem Anzug noch ein passendes Top und die passenden Sneakers heraus, selbst die Strümpfe wählt sie farblich abgestimmt aus. Auf diese Weise geht sie dann Stück für Stück meine Garderobe durch, kombiniert Leggings mit Hemden und Minirock mit Wollpulli, packt hier einen Schal dazu und dort einen witzigen Gürtel, so lange, bis ich massenhaft coole Outfits im Koffer habe.

Uff,
ich muss noch viel lernen!!

Bella, Balla, Model-Villa

Und dann geht es endlich los! Nach etlichen Küsschen und Er-
mahnungen bin ich aufgeregt in den Flieger gestiegen, Yannis
hat mir dann doch noch Tschüss gesagt und mir zum Abschied
ganz lieb eine Tafel Schokolade (Sunny Crisp Chocolate!) geschenkt, die ich gleich mal ganz unten in mein Handgepäck ge-
stopft habe. Eigentlich müsste ich total sauer deswegen sein, er
weiß doch, dass Schoko ein No-Go für ein angehendes Model
ist.

Aber ich weiß auch,
dass es eine besondere Liebeserklärung an mich ist.

Ich kann es kaum erwarten, in der Model-Villa anzukommen,
aufgeregt blicke ich permanent auf die Uhr und zähle die Minuten bis zur Ankunft. Wie maßlos enttäuscht bin ich, als wir
nach der Landung in Málaga nicht ans Meer, sondern vier quä-
lende Stunden lang mit dem schwarzen Van endlose Haarnadel-
kurven in die Berge fahren. Seufzend lehne ich mein Gesicht an
die Fensterscheibe, draußen wird es schon dunkel und außer
Einöde ist nichts zu sehen.

»Das ist Mamas Geheimtipp«, flüstert Dunja neben mir, die
wohl Gedanken lesen kann. »Fernab aller Paparazzi und Medi-
en, hier kannst du dich voll und ganz auf dich konzentrieren.

Und in der Villa wird es dir an nichts fehlen, versprochen!« Als wir endlich in einem Kaff namens Bubión aussteigen, wünsche ich mir nichts sehnlicher, als mich auf meinem Bett auszustrecken und meine Ruhe zu haben. Aber das kann ich knicken, denn erstens muss ich mein Bett erst selbst herrichten, zweitens teile ich mein Zimmer mit drei anderen Mädchen, die sich als Gillian, América und Josie vorstellen, und drittens handelt es sich um gerade mal zwanzig Quadratmeter, die uns als gemeinsamer Rückzugsraum zur Verfügung stehen. Warum ausgerechnet wir zusammengepfercht wie die Ölsardinen leben müssen, während sich die Model-Villa über drei Stockwerke mit mindestens zweihundertfünfzig Quadratmetern erstreckt, ist mir unverständlich. Grace und die Zwillinge bewohnen natürlich eine separate Suite …

Die Mädels wirken auch alles andere als begeistert darüber, dass sie einen der wenigen Schränke rausrücken sollen. Sie wohnen schon seit einer Woche hier und haben sich entsprechend häuslich eingerichtet. Wie sich später herausstellt, verbringen sie ihre Winterferien ebenfalls auf Anraten von Carmen in der Model-Villa, um ihre Chancen zu verbessern. Dabei wirken alle drei auf mich jetzt schon höchst professionell, vor allem was ihr arrogantes Auftreten betrifft. Gillian räumt mir mit säuerlicher Miene ein winziges Plätzchen auf dem Regal im Badezimmer frei. »Du hast ja noch nicht so viele Beauty-Utensilien«, meint sie lapidar und ich stelle mit den Worten »Danke, mehr brauche ich nicht!« mein Zahnputzset hin. Die Schallzahnbürste habe ich mir nämlich zu Weihnachten gewünscht – und sie ist mein ganzer Stolz. Bald wird mein Lächeln noch strahlender sein. Und weiße Zähne sind nun mal das Kapital eines jeden Models, hat mir Grace erklärt, doch ich solle bloß die Hände weglassen von Bleaching.

Unschöne Verfärbungen an den Zähnen entstehen durch alkoholische Getränke sowie durch Tee, Tabak und Kaffee. Durch eine Zahnaufhellung, **Bleaching** genannt, werden sie wieder strahlend weiß. Allerdings werden die Kosten dafür nicht von der Krankenkasse übernommen, weil es sich um ein rein kosmetisches Problem handelt. Zudem sind die Nebenwirkungen einer solchen Behandlung kaum erforscht: z. B., ob der Zahnschmelz nachhaltig angegriffen wird und wie viel von der Chemikalie Wasserstoffperoxid, die zum Bleichen eingesetzt wird, während der Behandlung geschluckt wird. Überhaupt nicht zu empfehlen sind die in Drogerie und Apotheke erhältlichen Präparate, weil sie den Zähnen eher schaden. Inzwischen hat die Zahnmedizin noch viele andere Lösungen parat, von Keramik-Kronen bis hin zu Veneers (Klebeplättchen, ähnlich wie künstliche Fingernägel), die, professionell und hygienisch einwandfrei verarbeitet, strahlende Ergebnisse versprechen.

Für strahlend weiße Zähne kannst du Folgendes tun:

● Regelmäßig Zähne putzen, am besten mit einer elektrischen Zahnbürste – wenn du Brackets trägst, nach JEDEM Essen.

● Deine Zahnspange nach Vorschrift tragen.

● Zweimal im Jahr zum Zahnarzt gehen.

● Süßigkeiten reduzieren und stattdessen lieber Zahnpflegekaugummi kauen.

● Lass dich im Zweifelsfall von deinem Zahnarzt beraten.

Traurig und frustriert gehe ich an diesem Abend ins Bett. Was hatte ich mich auf die Model-Villa gefreut und jetzt so ein Reinfall! Niemand achtet auf mich, keiner fragt mich, wo ich herkomme. Hier interessiert sich jeder nur für sich selbst. Vesna und Dunja sind einfach verschwunden, ohne mir Gute Nacht zu sagen. Am liebsten würde ich Yannis anrufen, aber der hätte für mein Heimweh null Verständnis, nach dem Motto »Selbst schuld, hast es doch so gewollt«. Und meine Freundin Milli ist am anderen Ende der Welt, ihre Eltern haben eine Abenteuerreise durch den australischen Busch gebucht – ohne Handy, ohne Termindruck, das war die Bedingung.

Am nächsten Morgen sieht die Welt für mich schon anders aus: In aller Herrgottsfrühe wache ich auf, stelle fest, dass meine Mit-Models noch schlafen (Gillian trägt tatsächlich eine Schlafmaske und Josie hat ein Kuscheltier im Arm), und gehe als Erstes in die große Küche, weil ich gigantischen Hunger habe, schließlich gab es gestern Abend nichts mehr und so ein Lufthansa-Wrap hält nicht lange vor. Zu meiner Enttäuschung ist der Kühlschrank gähnend leer, dafür entdecke ich in einem der Schränke eine Packung Toastbrot, in einem anderen ein Honigglas, mit einem Becher Kräutertee ein perfektes Frühstück für ein angehendes Model. Auf der Suche nach einem geeigneten Frühstücksplatz schleiche ich durchs Haus und lande in einem großzügig ausgestatteten Salon mit Wintergarten. »BOAH«, rutscht es mir angesichts der gigantisch tollen Aussicht heraus. Die Villa liegt offensichtlich am Hang, unter uns breitet sich ein grünes Tal aus und weit hinten am Horizont erahnt man – das Mittelmeer?!

»Guten Morgen, Sina«, begrüßt mich eine vertraute Stimme. Es ist Enrique, der, gut versteckt und gemütlich in eine Chaiselongue gelehnt, den El País liest. »Die Aussicht verschlägt mir auch jedes Mal wieder die Sprache, deswegen komme ich so gerne her. Im Sommer kannst du manchmal sogar bis nach Afrika gucken!«

Schweigend vor Bewunderung setze ich mich auf das Sofa.

»Warte nur, bis du den Rest des Örtchens kennenlernst«, erzählt Enrique weiter, »hinter uns ragen die Berge noch mal tausend Meter in die Höhe, da ist alles dick verschneit. Wir sind hier sozusagen an der Baumgrenze.«

Ich hätte gerne noch eine Weile in Ruhe vor diesem grandiosen Panorama gesessen, doch es ist Grace, die putzmunter im Bademantel und perfekt frisiertem Pferdeschwanz auftaucht und dazwischenquatscht. Täusche ich mich oder lächelt sie Enrique verliebt an?!

»Guten Morgen, Sina, du bist ja schon wach«, begrüßt sie mich freundlich, »dann können wir ja gleich loslegen. Das Morgentraining beginnt gleich unten im Pool, Aquagym. Du bist doch fertig mit dem Frühstück, oder?« Ihr Blick auf meine fette Honigschnitte spricht Bände. Ich sehe auf die Uhr und stelle fest, dass es noch nicht mal sechs Uhr ist.

So früh stehe ich ja noch nicht einmal
zu Hause auf,
wenn Schule ist!

Doch ich wage nicht zu widersprechen, nippe nur an meinem Kräutertee und springe auf, um meine Badesachen zu holen. Tatsächlich, die anderen Mädels sind mittlerweile aufgestanden und so bin ich die Letzte, die drei Minuten später im Badeanzug die Treppe hinunterkommt. Prompt richten sich alle Blicke auf mich und ich denke nur: OH NO! Jetzt checken die, ob deine Oberschenkel schwabbeln. Doch dann siegt meine neue Professionalität, ich lächele, straffe meine Schultern und schreite hoch erhobenen Hauptes die Stufen hinunter, wohlwollend beäugt von Grace, lästernd kommentiert von Gillian, die eine umwerfend tolle Figur hat und es in ihrem schwarzen Bikini mit jedem Topmodel aufnehmen kann.

»Gut so, Sina«, begrüßt mich Vesna strahlend mit Küsschen rechts-links, »hast du gut geschlafen?«

Ich strahle sie an, begrüße auch die anderen überschwänglich und tue so, als ginge mir ihr Geläster am A... vorbei. Umso entsetzter bin ich, als ich höre, was Grace mit uns heute alles vorhat: Wir sollen zuerst eine halbe Stunde lang schwimmen, um uns aufzuwärmen, wie sie es nennt. Dann gibt es je dreißig Minuten Aquagym (zum Straffen) und Wasserballett (für Haltung und Disziplin). Danach haben wir Zeit für Körperpflege und Frühstück, um dann um neun Uhr pünktlich zum Catwalk-Training zu erscheinen, das bis zur Mittagszeit gehen soll. Heute Nachmittag machen wir dann eine Zwei-Stunden-Wanderung (frische Luft für den Teint!) auf den Pico und heute Abend schauen wir Filme der aktuellen Fashion Shows an. Keine Rede davon, wann es denn endlich mal was zu essen gibt!, wie ich mit knurrendem Magen bemerke. Aber gut, denke ich mir, während ich meine Bahnen ziehe, ich bin ja nicht zum Ferienmachen hier. Als Grace dann aber anfängt, Kommandos zu geben, und beim Wasserballett permanent meine Kopfhaltung korrigiert, bereue ich es dann doch ein bisschen, dass ich in diesem Luxus-Pool hier nicht einfach so herumlümmeln darf. Habe ich Grace als supernette, sympathische Frau kennengelernt, erlebe ich sie heute Morgen als eine knallharte, strenge Lehrerin, die keine Fehler duldet und das kleinste Gemaule sofort unterbindet. América zum Beispiel ermahnt sie gleich zweimal, sich zusammenzureißen. América hat nämlich eine tolle Ausstrahlung und ein sehr hübsches Gesicht, nur leider überhaupt kein Körpergefühl. Ihre Bewegungen wirken hölzern und eckig und Grace muss mit Engelszungen auf sie einreden, damit sie überhaupt ein paar Schritte der leichten Unterwasser-Tanzkombination ausführt. Gillian jammert die ganze Zeit über, dass sie Wasser in die Augen bekommen hätte, sie bräuchte eine Schwimmbrille, aber das interessiert Grace nicht die Bohne.

»Ihr wollt Models werden, oder? Da gehört es dazu, so etwas auszuhalten. Bei einem Beach-Shooting kannst du auch nicht einfach davonrennen und nach einer Taucherbrille jammern, wenn dir die Location nicht gefällt«, sagt sie, als wir völlig ausgepowert in unsere Bademäntel schlüpfen, kuschelig-weiße Luxus-Teile, von so etwas habe ich bisher nur geträumt. Dann erzählt sie, wie sie selbst für die Aufnahme eines Fotokünstlers stundenlang mitten in der Nacht im Bikini und in der Hocke posieren musste, während Hunderte von Wasserkübeln über ihr ausgeleert wurden. Na, das kann ja heiter werden, denke ich, grinse Josie zu und beeile mich mit dem Duschen, weil ja oben im Wintergarten immer noch mein Honigbrot auf mich wartet.

Mann, habe ich einen Kohldampf!

Als ich es mir dort in meinem Jogginganzug (immerhin top gestylt, dank Dunja) gemütlich machen will und gerade herzhaft in meine Stulle beiße, werde ich abermals gestört.

Erstens mit einem empörten *»Wer war an meinem Honig?«*-Schrei von Gillian.

Zweitens mit einem kritischen *»So willst du doch wohl nicht zum Laufstegtraining?«*-Kommentar von América.

Und drittens mit einer fiesen *»Wem gehört dieser hässliche Aldi-Rollkoffer?«*-Frage von Josie.

Ich atme tief durch und versuche, freundlich zu bleiben. Kann mich bitte mal jemand in die Spielregeln einweihen? Seit wann ist es verboten, sich in einer Gemeinschaftsküche zu bedienen? Warum darf ich nicht im Jogginganzug modeln, ich soll doch angeblich sogar in einem Kartoffelsack gut aussehen?! Und wer sagt hier was gegen Aldi? Seufzend gucke ich meine Mit-Models an.

Wie sich herausstellt, gibt es in der Küche eine strikte Einteilung und Fächer für jeden, das habe ich heute Morgen einfach nicht bemerkt beziehungsweise gar nicht darüber nachgedacht. Wenn ich also nicht verhungern will, muss ich nachher noch einkaufen gehen und ein paar Lebensmittel für mich besorgen. Dabei dachte ich, das sei all inclusive!

»Du kannst zu uns in die Wohnküche kommen, da musst du dich nicht mit denen rumärgern«, lädt mich Vesna zu sich in den Südflügel der Villa ein, als ich ihr mein Leid klage. Die Versuchung ist groß, zu gerne würde ich dort meine Ruhe vor den anderen haben, neben Dunja lesend im Kingsize-Bett lümmeln oder ganz einfach die goldenen Wasserhähne des Badezimmers bestaunen. Doch ich lehne ab, was Grace wohlwollend registriert.

»Ich will wissen, ob ich es aushalte«, grinse ich, »schließlich will ich Model werden, da gehört auch das dazu!«

Dazu gehört ebenfalls, fiese Lästereien zu erdulden. Ich wiederhole lieber nicht, was Gillian abgelassen hat, als ich meine knallroten Pumps für das Laufstegtraining angezogen habe. Enrique hat nur belustigt geguckt, während Grace kopfschüttelnd danebenstand. Als ich aber einen astreinen Auftritt hinlege, im Gegensatz zu América nicht einmal stolpere, als ich über die schmale Wackelbrücke konzentriert und lächelnd meine Schritte setze, mir auch die Drehungen super gelingen, nickt sie anerkennend.

Wie im Nu verfliegt die Zeit, wir laufen Slalom, rückwärts und seitwärts auf einem Schwebebalken, mit verbundenen Augen möglichst auf einer Linie – und alles in hochhackigen Schuhen! Mehr als einmal denke ich, dass schaffe ich nicht, aber dann reiße ich mich zusammen, blicke nach vorne und versuche, Wackelbrücke und Schwebebalken zu vergessen.

Auch wenn Grace ständig an meiner Kopf- und Armhaltung etwas zu meckern hat und sich Enrique mehr Knieaktion von mir wünscht, klopfe ich mir insgeheim auf die Schulter. Nicht nur weil ich ja seinerzeit mit Yannis stundenlang geübt habe, sondern weil ich auch meinem Bauchgefühl gefolgt bin und die für mich passenden Schuhe eingepackt habe, in denen ich gut laufen kann. In solch mörderischen Teilen, wie Josie sie an den Füßen trägt, wäre ich auch verzweifelt ... Dass Gillian aber souverän in ihren Wolkenkratzer-Stilettos läuft, als wären es ihre Turnschläppchen, lässt mich dagegen vor Neid erblassen. Das Mittagessen später teilen meine Mit-Models gnädigerweise mit mir, es gibt Salat mit Salat und Salat, aber statt Siesta im Winzzimmer mache ich gleich danach einen kleinen Dorfbummel, um endlich richtig einzukaufen. Natürlich hat um diese Uhrzeit kein einziger Laden offen, aber trotzdem oder genau deswegen verliebe ich mich sofort in dieses bezaubernde Örtchen, das mit seinen weißen Häusern so still am Hang vor sich hin schlummert. Aus den Schornsteinen kringelt feiner Rauch in die kalte Luft, wie in unserer Villa gibt es überall nur Kaminöfen, mit denen geheizt wird. Ich mache mit meinem Handy ein Foto und simse es Yannis, den ich sehr vermisse.

Ein paar Gassen weiter entdecke ich ein kleines Lokal, und weil ich mittlerweile ordentlich durchgefroren bin, trete ich einfach ein, um mir einen Tee zu bestellen. Natürlich verstummen sofort sämtliche Gespräche, ich spüre neugierige Blicke auf mir.

»¿Hola chica, eres una de estos modelos, verdad?« Eine freundliche Frau begrüßt mich, ohne weiteres Nachfragen stellt sie mir einen Teller mit heißem, dampfendem Eintopf auf den Tresen und bedeutet mir, auf einem der Hocker davor Platz zu nehmen.

»Gracias«, nicke ich, froh darüber, dass ich sie verstanden habe. Was ein paar Wochen Spanisch als dritte Fremdsprache bereits ausmachen!

Woher weiß sie, dass ich heute beim Mittagessen nicht satt geworden bin?

Dankbar strahle ich sie an und löffele die leckere Suppe. Wie gerne würde ich mich mit ihr über ihr kleines Dorf unterhalten, aber dafür reicht mein Spanisch dann doch nicht. Das versuche ich ihr klarzumachen, als sie mich jetzt mit einem spanischen Wortschwall überschüttet. Immerhin schaffe ich es, ihr mit den wenigen Worten, die ich kann, und mit einem »bueno« zu signalisieren, dass ihre Suppe hervorragend schmeckt, woraufhin sie mir noch eine Schöpfkelle nachschenkt.

Ich will gerade gehen, als die Tür aufgeht und ein junger, dunkelhaariger Typ, ein paar Jahre älter als ich, hereinkommt und laut gestikulierend auf die Señora einredet. Die nickt nur unmerklich mit dem Kopf in meine Richtung, woraufhin er verstummt und mich neugierig mustert. Sein Blick geht mir durch und durch, auf der Stelle bekomme ich Wabbelknie und Herzrasen.

Oh, ist der süüüüüüüüüüüüß!

Hastig grüße ich zurück, bezahle meine Suppe, bedanke mich bei der Señora und mache, dass ich wieder in meine Model-Villa komme, wo die anderen garantiert schon im Aufbruch für diese Wanderung sind.

Doch dummerweise habe ich die anderen verpasst, Mist, das wird nachher fetten Ärger mit Grace geben und ich werde mich doppelt anstrengen müssen. Vorhin beim Laufstegtraining war sie zwar voll des Lobes, aber kurz danach im Feedback-Gespräch hat sie mir knallhart auf den Kopf zugesagt, dass ich ihrer Meinung nach nicht zielstrebig und ehrgeizig genug bei der Sache wäre, mich gehen lassen würde und viel zu leicht beeinflussbar wäre. Wenn sie außerdem mitbekommt, dass ich heute Nachmittag eine sopa gegessen habe, gibt das eine Standpauke extra. So nutze ich die Zeit und packe in Ruhe meinen (Aldi!!!-)Koffer aus. Ein Anflug von Heimweh überkommt mich, der sich aber fix legt, als ich mein Tagebuch, mein Kuschelkissen und meine Lieblings-Duftkerze heraushole. Als ich mich zum Chillen mit dem iPod im Ohr aufs Bett lege, Yannis und meine Lieblingsmusik höre, die Augen schließe und den wohlvertrauten Lavendel-Bergamotte-Citrus-Geruch wahrnehme, ist es fast so, als wäre ich zu Hause.

> Gegen Heimweh und für alle, die viel unterwegs sind: Packe immer eine Handvoll Lieblingsdinge ein, damit du dich überall auf der Welt wohlfühlst. Das können sein:
> - Fotos in hübschen Bilderrahmen
> - Kuschelkissen oder -tier
> - Duftöle oder Duftkerzen
> - Hausanzug und Hausschuhe
> - Musik
> - Lieblingsbücher
> - Tagebuch

Ich muss eingeschlafen sein, denn ich werde wach, als es draußen bereits stockdunkel ist. Schnell stehe ich auf, wasche mein Gesicht und schlüpfe aus meinen Bollerhosen. Unten im Wintergarten höre ich die anderen, ein Glück, dann sind sie wieder zurück und ich bin nicht mehr alleine in diesem gigantisch großen Haus.

»Na, Schönheitsschlaf beendet, Dornröschen?«, begrüßt mich Dunja neckend, die sich mit einer Chipstüte auf dem Sofa lümmelt, neidisch beäugt von Gillian. Vesna sitzt ihr gegenüber auf dem Sofa und lackiert sich die Fingernägel mit Chanel 513 Black Pearl.

»Die beste Schönheitskur, die ich kenne«, grinse ich, pflanze mich neben sie und angele mir ein paar Chips aus der Tüte, die ich genussvoll im Mund zerkrachen lasse.

»Erst heimlich essen gehen und dann so was!«, lästert América. Sie hat wie immer ihre 1,5-Liter-Volvic-Flasche in der Hand, aus der sie pausenlos nuckelt.

»Pah, wieso denn heimlich«, pflaume ich sie an. »Das hat sich so ergeben.«

»Pass mal auf, Sina«, sagt Gillian jetzt mit gefährlich leiser Stimme. »Grace ist ganz schön sauer wegen dir und darunter müssen wir anderen leiden. Wenn du denkst, du könntest hier die Einzelnummer abziehen, dann hast du dich geschnitten, verstanden?« Und zu Dunja gewandt, fährt sie fort: »Und es ist saufies von dir, uns hier Chips vorzukauen, wo du genau weißt, dass es für Models ein No-Go ist, sich so gehen zu lassen.«

»Mach dich locker«, kontert Dunja trocken, »schluck halt ein Wattebällchen mehr, dann macht dir das nix aus …«

Klatsch!, hat sie eine sitzen. Bevor ich reagieren kann, haben sich Dunja und Gillian ineinander verkeilt, und würde nicht just in diesem Moment Enrique reinkommen und dazwischengehen, hätten sich die beiden wohl wer weiß was angetan. Und hätte er nicht niemand Geringeren als seinen Sohn Jorge im Schlepptau gehabt, hätte es wohl auch eine ordentliche Ansage gegeben. So berappeln sich die beiden Streithühner, streichen ihre Klamotten zurecht – und laufen rot an.

Und was macht Jorge? Begrüßt mich als Erste, mit Küsschen links-rechts, zwinkert und schäkert mit mir und fragt mich, wann ich denn wieder zu ihm komme, eine neue Jeans kaufen.

Wie ich in den folgenden Tagen feststellen muss, sind alle, ausnahmslos alle Mädchen hier in Jorge verknallt. Auch ich lasse mich anstecken und flirte mit ihm, aber in Wahrheit sind Vesna und er ein Paar, das weiß ich deshalb so genau, weil ich sie eines Nachts dabei überrascht habe, wie sie nackt im Pool gebadet haben … Ich wollte mir noch was zum Trinken holen, als ich seltsame Geräusche aus dem Keller hörte. Hätte ich lieber nicht nachgeschaut, jetzt habe ich Dinge gesehen, die ich eigentlich nicht sehen wollte …

Das ist das eine, was mich verstört. Wieso leben die nicht offen ihre offensichtlich so leidenschaftliche Liebe aus? Warum machen sie ein Geheimnis draus, ebenso wie Enrique und Grace nicht öffentlich zeigen, was sie füreinander empfinden, und in Wahrheit das Schlafzimmer im Südflügel miteinander teilen?!

Das andere ist diese angespannte Stimmung zwischen uns Mädchen. »Zickenkrieg«, würde meine Kleo sagen. »Kein Wunder«, käme Millis Kommentar, »wenn alle hier Topmodel werden wollen und sich demnächst gegenseitig die besten Jobs wegnehmen werden, dann müssen sie doch in Konkurrenzkampf zueinander treten. Dann sind Streit und Neid an der Tagesordnung, vor allem, wenn Konflikte nicht offen und direkt ausgetragen werden, sondern die Mädels hintenrum agieren, sich gegenseitig Haarlack oder High Heels klauen oder Grace gegenüber die wildesten Lügenmärchen erfinden, nur um selbst in einem besseren Licht dazustehen.«

Dieser Zickenkrieg, dieses Mädchen gegen Mädchen, macht mich echt fertig, ständig muss ich Gillians, Américas und Josies chronisch schlechte Laune, Gezicke und Anfeindungen aushalten, egal, ob es um die Reihenfolge im Badezimmer geht, wer was wie beim Üben gesagt oder sich verhalten hat oder wer beim allabendlichen Gespräch neben Grace sitzen darf.

Noch schwerer ist es für mich, ständig das zu tun, was Grace mir sagt: Wieso soll ich auf Stelzen laufen, wo das doch auf dem Laufsteg garantiert nie gefordert wird? Wieso müssen wir dieses beknackte Wasserballett einstudieren, womit ich garantiert niemals in der Öffentlichkeit auftreten werde? Wozu soll ich Atemübungen machen und mit aufgeklappter Kinnlade tiefe Töne ausstoßend durch den Raum laufen? Weshalb bitte schön spielen wir Pantomime, ich will doch keine Schauspielerin werden?! Außerdem verbessert sie mich ständig bei allem, was ich tue: Kopfhaltung, Armbewegung, selbst mein Naseschnäuzen korrigiert Grace, indem sie mir zeigt, wie ich anmutig das Taschentuch auseinanderschnicken soll. Und nicht nur einmal denke ich: Du bist doch nicht meine Bestimmerin und Lass mich doch machen, was ich will!

> Wie bei jedem Training, ob Fußball, Leichtathletik, Ballett oder Volleyball, übst du auch fürs Modeln extreme Varianten, die auf vielfältige Weise dein Verhalten schulen, deine Leistungsfähigkeit steigern, deine Kondition verbessern.

Langsam, aber sicher wird mir klar, was ihr Deal mit der Model-Agentur ist: Carmen sucht offiziell die Nachwuchsmodels aus und Grace nimmt sie unter ihre Fittiche, schult sie und macht sie fit für den Laufsteg, damit sie dann Model-Karriere machen können.

Jeden Morgen beim Aufwachen nehme ich mir vor, heute mein Bestes zu geben und mich von den anderen nicht unterkriegen zu lassen. Das ist leichter gesagt als getan, denn das Kamera-Geflirte, wie Enrique es nennt, liegt mir einfach nicht und ich bin auch nicht gut darin, mir individuelle Schrittkombis auszudenken. Zu alldem fühle ich mich dauerkritisch beäugt von Gillian & Co., die jede Gelegenheit ausnutzen, um hinter meinem Rücken über mich zu lästern. Mehr als einmal breche ich in Tränen aus und bin kurz davor, alles hinzuwerfen.

Wie kam ich auch auf die Idee, dass ausgerechnet ich, Sina Rosenmüller mit den großen Füßen und der Superbegabung für Mathematik, ein Topmodel werden sollte?

Ich genieße dann erst recht meine kleinen Fluchtversuche in das nette Lokal im Dorf – dort löffele ich eine heiße Suppe, die mir die freundliche Señora hinstellt, und lasse mir von dem dunkelhaarigen Mateo, der sich mir inzwischen als der Neffe der Wirtin vorgestellt hat, Geschichten von Gott und der Welt erzählen, die mich wieder zum Lachen bringen. Längst haben wir uns angefreundet, nachdem er mitbekommen hat, dass ich nicht so eine aufgetakelte Tussi bin, sondern ein ganz normales Mädchen aus Deutschland. Er ist in den Ferien zu Besuch bei seiner Tante, sonst lebt er auf Mallorca, wo seine Eltern eine Sprachschule betreiben. Unsere Sprache kann er deshalb so gut, weil sein Vater aus Deutschland stammt und er zweisprachig aufwächst. In der Model-Villa ziehen sie mich schon mit meinem Latin Lover auf, nachdem wir uns zufällig bei einem Spaziergang durchs Dorf begegnet sind. Stocksauer habe ich daraufhin Josie entgegengeschleudert, sie solle ihre spitze Nase nicht in meine Angelegenheiten stecken, sie sei ja nur neidisch, weil sie keinen Freund hätte. Später habe ich mich dann bei ihr dafür entschuldigt, weil ich so ausgetickt bin wie die mieseste

Zicke aller Zeiten. Dass ich mich ertappt fühlte und mich Yannis gegenüber mit einem schlechten Gewissen plage, habe ich ihr allerdings nicht erzählt …

Eines Vormittages, als es mal wieder besonders schlimm und die Stimmung in der Model-Villa nicht auszuhalten ist (Gillian, die am Rand der Magersucht mit allen möglichen Appetitzüglern und Abführmitteln experimentiert, hat schlimme Magenkrämpfe. Anstatt einen Arzt zu holen, hat Grace sie entsprechend abgekanzelt, woraufhin die anderen beiden schadenfroh ohne sie weitergemacht haben), flüchte ich ins Dorf und kaufe mir kurzerhand im Textilio eine dicke Jacke in Gelb, Grün und Orange samt dickem Schal. Keine Ahnung, ob ich die zu Hause jemals tragen werde, aber hier in den Alpujarras ist sie das beste Kleidungsstück: warm, wind- und wasserdicht. Im Almacén erstehe ich ein selbst gebackenes Brot und leckeren Serrano-Schinken, laufe dann ein Stück aus dem Ort heraus und verputze schließlich genüsslich, genau an der Schneegrenze auf einem Baumstumpf sitzend, das beste bocadillo aller Zeiten. Die Ruhe hier oben fernab des stressigen Lebens in der Model-Villa tut mir gut.

> Der Anblick der Berge ringsum, das weite grüne Tal mit dem Mittelmeer am Horizont graben sich tief in mein Herz ein.

»Hier ist es wunderschön, verdad?«, reißt mich eine Stimme aus meinen Gedanken. Es ist Mateo, der sich einfach neben mich setzt, nach meiner Hand greift und sie einfach festhält.

»Ja«, antworte ich nur und lasse geschehen, dass sich unsere Finger in der nächsten halben Stunde tasten und fühlen, sich gegenseitig Geschichten erzählen, von denen ich nicht wusste, dass ich sie in mir trage. Die Wärme seiner Haut krabbelt rüber in meine Hand und von dort in meinen Körper, es sind nur unsere Finger, die sich spüren, aber es ist mehr, viel mehr, eine Umarmung, ein Versprechen.

»In drei Tagen reise ich ab«, flüstere ich beinahe tonlos in die Stille hinein.

»Und, kommst du wieder?« Mateo guckt mich aufmerksam an. Sein Blick ist zärtlich und forschend zugleich, mir fällt auf, wie verletzlich er auf mich wirkt. Für einen Moment sieht es so aus, als wolle er mich küssen, und ich fühle, dass ich mir gerade nichts sehnlicher wünschte, als … Ich halte den Atem an, erwidere seinen Blick – und sitze da wie gelähmt.

Wie soll ich das bloß Yannis erklären? Am besten gar nicht!

»Si. Si possible«, antworte ich nach einer halben Ewigkeit, in der wir die intensivsten Blicke der Welt getauscht haben und die Zeit stillstand. Dann ziehe ich fix meine Hand weg, senke meinen Kopf, damit er meine aufsteigenden Tränen nicht bemerkt. Wie gerne würde ich einfach hierbleiben, auf diesem Baumstumpf, still, ruhig, in Frieden. Bei Mateo. Stattdessen muss ich gleich runter in diese trubelige Model-Villa, ein Casting absolvieren, das darüber entscheidet, ob ich im nächsten Jahr als Model weitermache oder nicht. Ich darf Grace nicht enttäuschen, sie steckt so viel Arbeit und Erwartungen in mich (und Geld!). Vesna nicht, die mir zur Seite steht und wichtige Tipps gibt, wo immer es geht. Und auch Dunja, die mit ihrer erfrischenden Art zu einer wertvollen Freundin für mich geworden ist, will ich nicht verlieren.

»Nos verémos«, sage ich zu Mateo, streiche ihm sanft zum Abschied über die Wange. Dann lächele ich ihm noch einmal zu und mache, dass ich verschwinde, die anderen werden sich schon wundern, wo ich stecke. Ich wage nicht, mich noch einmal umzusehen. Ich weiß trotzdem, dass er mir nachblickt.

Grace ist außer sich, als ich zur Tür eintrete, sie kann sich nur mühsam beherrschen. »Wo bleibst du nur, Sina!«, faucht sie mich wütend an. So habe ich sie ja noch nie erlebt! »Einen Model-Scout wie Bernie Eggloff lässt man nicht warten! Das wird Konsequenzen haben!«

Also muss ich so, wie ich bin, in Jogging-Pants und quietschbuntem Anorak antreten. Gillian grinst hämisch, sie ist aufgebrezelt wie für ein Cover-Shooting der Vogue: Die Haare kunstvoll toupiert, knallrote, makellos geschminkte Lippen und ein eng anliegendes, schwarzes Cocktailkleid, schwarze Stilettos natürlich. América ist ebenfalls sorgfältig geschminkt und gestylt, allerdings ist ihre Farbwahl weniger dezent ausgefallen: Zu einer knallblauen Haremshose trägt sie ein quietschgelbes Top. Und Josie hat sich eher für den Casual Look entschieden und trägt Jeans zu Ballerinas und einer Blümchentunika; die Haare zu einem Pferdeschwanz, das Gesicht ist ungeschminkt, sie hat nur ihre Wimpern getuscht – langweiliger geht es nicht. Vesna ist natürlich außen vor, als Tochter von Grace und Kampagnen-Gesicht von Miu Miu kann sie jetzt entspannt dabeisitzen, während wir zitternd und bibbernd der Reihe nach einzeln antreten. Ein bisschen fühle ich mich wie in Germany's Next Topmodel, als ich jetzt alleine mit meiner Mappe vor diesen Bernie Eggloff trete und ihm meine besten Fotos präsentiere, die Enrique in den letzten Tagen von mir gemacht hat.

In einem Fotobuch bzw. Portfolio sammelt ein Model Fotos von sich, und zwar nur die besten, um sich damit bei Kunden zu bewerben. Diese zeigen, wie wandelbar das Model ist, mal sexy, sportlich, flippig, weiblich, maskulin, süß ...

Diese Shootings waren ziemlich witzig und haben mir viel Spaß gemacht, allerdings hatte ich auch große Probleme damit. Zum Beispiel war mir während der drei Stunden Trampolinspringen speiübel. Und bei den Ganzkörperaufnahmen nur im String und BH fühlte ich mich auch nicht wohl, obwohl sich mein Body wirklich sehen lassen kann.

Dummerweise hatte ich an jenem Tag meine Periode und das Gefühl, einen wahnsinnigen Blähbauch zu haben (was natürlich auch an dem leckeren Eintopf gelegen haben kann, den ich zuvor aus alter Gewohnheit verputzt hatte).

»Das darf alles kein Thema sein«, hatte mir Grace eingeschärft, als sie bemerkte, dass ich mich am liebsten mit Himbeertee und einer Wärmflasche auf dem Bauch verkrochen hätte. »Schwächeln gilt in diesem Business nicht, lächeln, lächeln, lächeln, auch wenn es dir noch so dreckig geht. Deinen Kunden ist es egal, wie du dich fühlst, sie erwarten ein perfektes Foto von dir, dafür bezahlen sie sehr viel Geld. Also gib dein Bestes und enttäusche sie nicht! Notfalls musst du halt mal Tabletten nehmen.« Da habe ich die Zähne zusammengebissen und profimäßig in die Kamera gelächelt. Meine besten Fotos sind das natürlich nicht geworden.

Ich bin ICH und keine Anziehpuppe!
Kein geklontes, rund gelutschtes Abziehbild!
Ich will sagen, was ich denke und fühle!

Ich will Ecken und Kanten und Charakter haben!

Aspirin, Ibuprofen, Buscopan – **Schmerztabletten** sind dazu da, Schmerzen zu lindern und dir beim Gesundwerden zu helfen. Mach dir jedoch immer klar: Schmerzen sind Warnsignale des Körpers und zeigen dir an, einen Gang runterzuschalten, Pause zu machen, dich ins Bett zu legen. In unserer hektischen Zeit mit den tausend Terminen geht das leider nicht immer – und manchmal doch. Denn krank ist krank. Und ein Tag Pause wirkt Wunder: So werden Krankheiten weder verschleppt noch chronisch und die Selbstheilungskräfte deines Körpers können durchstarten. Sei gut zu deinem Körper, du hast nur einen.

Bernie blättert in meiner Mappe, ohne ein Wort zu sagen oder die Miene zu verziehen. Dann hebt er den Blick, mustert mich von oben bis unten in meinem lächerlichen Aufzug und guckt mir direkt in die Augen. In diesem Moment ahne ich, was er mir sagen will, und bevor er es tut, fasse ich mir ein Herz, mache einen Schritt auf Grace zu, nehme ihre Hand und sage:
»Es tut mir leid, Grace, aber ich kann das nicht. Ich habe viel gelernt und nehme viel mit, aber dieses ganze Leben hier«, ich mache eine vage Geste, die die Villa mitsamt den Model-Zicken einschließt, »ist einfach nicht mein Ding. Ich kann und will mich nicht verbiegen.«
Jetzt kommen mir doch die Tränen, obwohl ich eigentlich tough sein wollte. Grace sieht mich an, nickt dann kaum merklich ... Dann zieht sie mich an sich, drückt mich wortlos und ich flüstere ihr ein *»Danke für alles«* ins Ohr. Dann heule ich Rotz und Wasser, überwältigt von all den Gefühlen, die in der letzten Stunden, ach was, in der letzten Woche, auf mich eingeprasselt sind.

Wenn Yannis wüsste, dass ich FREIWILLIG alles aufgebe ...

Besser hätte das eins dieser geschassten Models bei GNTM auch nicht sagen können, schießt es mir durch den Kopf, als ich mich abwende, mir die Tränen abwische und überlege, ob ich jetzt einfach gehen soll.

Dunja ist die Erste, die kapiert. Sie springt auf und drückt mich ganz fest. Enrique nickt bedächtig und klopft mir auf die Schulter, während Vesna nach meinen Händen greift.

»Schade, wir hätten so viel Spaß haben können«, meint sie. Dann fügt sie lächelnd hinzu: »Du hast es wirklich drauf, Respekt!«

Die drei anderen gucken nur dämlich aus der Wäsche, offensichtlich steht in keinem Wie-werde-ich-Model-Buch, wie man in solch einem Fall reagieren soll.

18 Eintel Sina

Längst hat das zweite Halbjahr in der Schule angefangen und ich bin wieder die normale Sina Rosenmüller mit den großen Füßen und dem Talent für Mathematik. Einziger Unterschied zu vorher: Ich lerne mit Feuereifer Spanisch und habe mir fest vorgenommen, so bald wie möglich Sprachferien auf Mallorca zu machen. Von Mateo habe ich mir zum Abschied die Adresse geben lassen; es war der Vorwand, ihn noch einmal zu sehen, zu spüren, zu umarmen … Der Gedanke an ihn treibt mir immer wieder eine tiefe Sehnsucht ins Herz! Ich kann noch nicht einmal sagen, dass ich in ihn verknallt wäre, ich verbinde mit ihm meinen Wunsch nach Freiheit und Unabhängigkeit und so träume ich in jeder Spanisch-Stunde von Reisen und Abenteuer und denke an diese wunderschöne Aussicht oben in den Bergen der Alpujarras …

Von meinen Model-Aktivitäten ist mir allerdings der Spaß am Stylen sowie die Achtsamkeit bezüglich meines Körpers geblieben. Ich mache regelmäßig Sport, pflege Haut und Haare und ernähre mich so gesund wie in den letzten fünfzehn Jahren nicht (na ja, mal abgesehen von Mamas Muttermilch). Und natürlich bleibt mir auch die Freundschaft zu den Zwillingen und Grace, die inzwischen einfach wieder umwerfend nett ist. Vesna hat tatsächlich den internationalen Durchbruch geschafft und wird nach den Sommerferien gemeinsam mit Jorge nach New

York ziehen, weil ihre Agentur das so verlangt und Jorge dort außerdem sein eigenes Jeans-Label promoten will. Dunja geht auf ein Schweizer Internat – und Enrique und Grace wollen gemeinsam mit Carmen eine Model-Schule in Paris gründen.

»Schade, dass du nicht mehr dabei bist, Sina«, hat Grace gesagt, als sie mir bei einem Latte macchiato bei sich zu Hause von ihren neuesten Plänen erzählten. »Du hast so ein erfrischendes Gesicht, du hättest einen ganz neuen Typ Mädchen repräsentieren können.«

Ich fühlte mich geschmeichelt und für einen Moment der Versuchung ausgesetzt, meinen Entschluss wieder rückgängig zu machen. Aber dann fiel mir ein, dass ich ja genau das nicht mehr wollte: Re-präsentieren. Für irgendetwas stehen, aber nicht für MICH. Als Spiel ist es schön, aber als Leben möchte ich es nicht haben. Die Zeiten der Verkleidungskiste sind vorbei! Immer eine Rolle spielen, jeden Tag anders sein, auf Äußerlichkeiten reduziert und auf Wunsch immer anders, egal, wie es innen drin aussieht, ob man gerade Liebeskummer hat oder Bauchweh. Und dann dieses Begutachten jedes Mal bei einem Go & See, wo der erste Blick entscheidet, ob du genommen wirst oder nicht. Und du dann keine Minderwertigkeitskomplexe bekommen sollst, weil du abgelehnt wirst, weil du einfach nicht der gefragte Typ Mädchen für diese Kampagne bist.

Wer entscheidet das?
Wer spielt sich da zum Richter auf?

Wer gibt so einer Jury bzw. irgendwelchen Scouts das Recht, über mich zu bestimmen?

Ich bewundere Vesna, der das alles nichts auszumachen scheint, die mit einem irren Selbstbewusstsein jedes noch so stressige

Casting, jedes noch so anspruchsvolle Shooting absolviert. Sie ist einfach immer »on«! Professionell lächelt sie in die Kamera, spielt mit dem Fotografen und erfindet sich immer wieder neu. Gleichzeitig ist sie zu nett, um wahr zu sein, hat keine Staralüren und erzählt frisch und frei heraus, wenn sie sich über einen Kunden oder wieder mal über Enrique geärgert hat. Ihren siebzehnten Geburtstag am 1. März haben die Zwillinge übrigens mit einer rauschenden Party im Cielo gefeiert. Die gesamte Stufe war eingeladen und natürlich haben Jolina, Julia, Kleo, Milli und ich uns vorher tagelang den Kopf über unser Styling zerbrochen. So haben wir mal wieder über nichts anderes gesprochen außer über: Klamotten. Klar waren Vesna und Dunja an jenem Abend die Stars. Vesna, als neues Gesicht von Miu Miu schon voll im Look ausstaffiert, sah umwerfend aus und für einen Moment war ich schrecklich neidisch auf sie. Als ich sie dann aber im Blitzlichtgewitter habe stehen sehen und wie sie dem hiesigen Klatschreporter Rede und Antwort stehen musste, während wir längst feierten und lustig rumblödelten, wieder nicht.

Dunja hatte an diesem Abend auch einen großartigen Auftritt. Ihre mittlerweile braunen langen Haare trug sie fransig gestuft, ihr schwarzes Kleid war von einer Berliner Schneiderin nach ihren Entwürfen genäht worden. Keine Frage, auch sie ist ein großartiges Model und es würde mich nicht verwundern, wenn sie ihr geplantes Medizinstudium auf diese Weise finanziert. Und – surprise, surprise: Offensichtlich ist sie auch das erste Mädchen, das unseren Womanizer Malte im Griff hat, denn mit dem verbindet sie seit geraumer Zeit eine zarte Liason. Er hat es tatsächlich geschafft! Kein heftiges Geknutsche in aller Öffentlichkeit, keine wilden Partyküsse, sondern eher die leise Freundschaft mit gemeinsamem Lernen, Ins-Theater-Gehen oder Über-Umweltschutz-Diskutieren. Das sind ganz neue Töne bei Malte und das erste Mal, seit ich Yannis und Malte kenne, haben die Brüder etwas gemeinsam mit ihren Freundinnen unternommen. Wir waren einen Tag lang im Taunus unterwegs, haben beim Wandern lautstark alle möglichen Lieder geschmettert und uns abends gegenseitig die Füße massiert, während uns Stefanie eine deftige Gulaschsuppe serviert hat.

Yannis hat sich also auch wieder beruhigt. Nach seinen Ausflügen in die Model-Welt und seinen grandiosen Misserfolgen, wie er es nennt, geht er jetzt lieber wieder angeln und haut sich den Wanst mit Käsestullen voll, anstatt Hanteln zu schwingen und Müsliriegel zu knabbern. Außerdem hat ihm gutgetan, dass ich dem Model-Business den Rücken gezeigt habe, denn Grace` Absage hat arg an seinem Selbstbewusstsein gerüttelt, auch wenn er das nach wie vor nicht zugeben mag. Und als ob er spüren würde, dass ich in Spanien einen kleinen Flirt hatte, bemüht er sich so lieb und süß um mich wie seit Monaten nicht mehr.

Es könnte also alles so wie früher sein, käme nicht gerade dieser Anruf von Carmen, der wieder alles auf den Kopf stellt.

»Du hast dich ja bei uns beworben, Sina«, sagt sie mit ihrer sonoren Stimme, »und ich habe dich zwar aus der Model-Datei rausgenommen, aber in der Casting-Datei bist du noch drin.« Sie fährt fort: »Da gibt es einen Kunden, der möchte dich gerne buchen.«

Das ist ein schlechter Scherz, denke ich, immerhin ist der 1. April nicht weit, doch dann macht sie weiter: »Es geht um die Kampagne ›Hier lebe ich, hier kaufe ich ein‹. Es ist eine Image-Kampagne unserer Stadt und sie wollen dich als ihr Gesicht dafür.«

»Heißt das …« Ich stammele vor mich hin, mir ist heiß und kalt und ich weiß nicht, was ich fühlen oder denken soll.

»Erst mal gar nichts, die wollen dich natürlich noch mal live vor Ort ansehen. Am besten packst du deine Sachen und bist in einer Stunde hier in der Agentur«, antwortet Carmen. Sagt es und legt auf.

Friss oder stirb!

Habe ich eine andere Chance? Nein. Eigentlich habe ich Mama versprochen, sie zu Oma Doris zu begleiten, die mit einem Oberschenkelhalsbruch im Krankenhaus liegt und der es überhaupt nicht gut geht, weil sie sich zudem einen fiesen Magen-Darm-Virus eingefangen hat. Andererseits – war es nicht meine Oma, die immer gesagt hat: »Das Leben geht weiter.«?

Zögernd erzähle ich meiner Mutter von dem Angebot. Sie reibt sich müde die Augen, doch dann nickt sie und schließt mich in ihre Arme. »Geh nur, Sina, davon hast du doch so lange geträumt! Ich drücke dir die Daumen … und Oma Doris kannst du morgen immer noch besuchen, ich fürchte, sie liegt noch eine Weile dort. Sie ist garantiert stolz auf dich, wenn sie erfährt, dass du demnächst überall zu sehen bist!«

Dankbar drücke ich Mama einen Kuss auf die Wange. Es tut mir total leid, sie so traurig und in Sorge zu sehen, dabei war sie bis vor einer Woche die glücklichste Frau des Universums: Die Liposuktion an Bauch und Oberschenkeln ist erfolgreich und ohne Komplikationen verlaufen. Sie hat diesen Eingriff gegen den Willen von Papa durchgesetzt, der mehrfach geschworen hat, er liebe sie mit all ihren Pölsterchen und Macken – und dieser ganze Schlankheitsfimmel von Frauen sei eine Erfindung der Medien und hätte mit dem wahren Männergeschmack nichts zu tun. Aber so glücklich, wie ich meine Mutter seit ihren verlorenen Bauchfalten erlebe, so befreit, fraulich und selbstbewusst seit Neuestem ihr Auftritt ist, weiß ich trotz Papas schlauer Worte: Ein schlanker Körper kann Wunder für das Ich bewirken.

Ich mach das ohne OP!

Also packe ich meine Tasche, wasche noch fix meine Haare, damit sie fluffy aussehen, reinige mein Gesicht gründlich und gönne mir, während ich mich anziehe, eine Feuchtigkeitsmaske für einen strahlenden Teint. Meine Schulklamotten von heute Morgen lasse ich einfach an. Keine Stunde später klingele ich bei Carmen – und sehe mich drei streng blickenden Herren in dunklen Anzügen vom Stadtmarketing gegenüber.

Na, das kann ja lustig werden!

»Du bist also die Sina und willst unser Stadtgesicht werden, freut mich«, begrüßt mich der jüngere von ihnen freundlich, Glatze, schwarze Brille, höchstens dreißig. Und ich denke: Was heißt hier wollen? Ihr habt mich doch ausgesucht!

»Die Stadt ist so jung wie das Gesicht, das Sie ihr geben«, kontere ich fix. Himmel, hoffentlich war das nicht vorlaut! Carmen runzelt prompt die Stirn, diese Bemerkung war garantiert nicht model-like.

»Wir haben auch einen hohen Anteil Senioren, den wir berücksichtigen müssen«, wirft der Grauhaarige ein. Sein abschätzender Blick spricht Bände. »Ich glaube nicht, dass wir zwanghaft jung wirken müssen.« Letzteres sagt er mit Blick auf meine coolen Onitsuka Tiger.

»Wir wollen ein Signal setzen. An alle Bürger dieser Stadt, vor allem aber an die jungen. Wenn wir die nicht im Citymarketing berücksichtigen, gehen sie im Internet online shoppen und wir können unsere Läden schließen. So einfach ist das.« Der junge Typ nickt mir zu.

»Wir wollen ein junges, natürliches, unverbrauchtes Gesicht«, mischt sich jetzt der Dritte im Bunde ein, ein hageres Männchen mit braunen Haaren, aber offensichtlich mit analytischem Verstand. Denn er redet über mich wie über ein Produkt. »Sieht man mal von ihren Kleidern ab, scheint Sina genau das zu bieten: Sie wirkt hübsch, ohne eingebildet zu sein, natürlich, ohne diesen üblichen Öko-Touch. Sie ist blond, aber wirkt intelligent. Und sie hat dieses gewisse Etwas, diesen sympathischen Eigensinn, den alle an ihr lieben werden … Für mich ist die Entscheidung klar.« Er nickt seinen Kollegen zu.

»Für mich auch«, sagt der schwarz Bebrillte.

»Dann muss ich mich wohl dem Mehrheitsbeschluss fügen«, meint der Senior grimmig. »Die Fotostrecke mit Sina muss aber so angelegt werden, dass sie in jedem Fall auch die Senioren anspricht …«

»Kriegen wir schon, Herr Hartmann, keine Sorge, Sina hat so ein frisches Gesicht … das wird auch die ältere Generation in ihr Herz schließen«, antwortet der junge Typ und zwinkert mir zu. »Wir hätten gerne noch ein paar Probeaufnahmen von dir, damit die Werbeagentur das Motiv konkretisieren kann. Das eigentliche Shooting findet dann übermorgen statt.«

Ich nicke stumm, lächele und folge Enrique ins Fotostudio, wo ich die ersten Minuten total patze, weil mich dieser Herr Hartmann mit vor der Brust verschränkten Armen kritisch anstarrt und alles nörgelnd kommentiert.

Ich bin total verunsichert – wo ist meine Professionalität hingekommen?

»So geht das nicht«, meckert er. »Die ist ja steif wie ein Brett.«

»Jetzt lassen Sie das Mädchen doch arbeiten!«

»Hey, Sina, denk an Bubión«, flüstert Enrique und grinst mich an, »an die Berge … die Siesta …«

Ich atme tief durch, schließe die Augen und erinnere mich an die Weite der Täler, den Ausblick bis hin zum Mittelmeer …

»Go, Sina … keep cool«, höre ich Carmen von der Seite her flüstern.

»Come on, look at me, hier ist die Kamera!«, lockt mich Enrique. »Denk an deinen letzten Einkauf … ja, genau und jetzt zeigst du allen Leuten, was du Tolles in der Stadt gekauft hast … Jeans bei Jorge, Schuhe … zeig sie mir!«

Das waren die richtigen Stichworte! Prompt erinnere ich mich wieder an jenen legendären Shoppingnachmittag, als ich mit Vesna ein Vermögen auf den Kopf gehauen habe. Ich sehe mich in den Ankle Boots … mit den High Heels … die verschiedenen Looks … in einer geilen Jeans nach der anderen. Ich drehe, setze, verbiege mich, laufe rückwärts, vorwärts, seitwärts, lache, schmolle, grinse und laufe zur Höchstform auf, wie damals, als ich mit Kleo Prinzessin Simtitti gespielt habe – und wie Grace es mir beigebracht hat. Carmen reicht mir zwischendurch einige Accessoires – Einkaufstüten, Mütze, Shoppingbag, Kreditkarte – und ich spiele damit, als hätte ich nie etwas anderes getan. Irgendwann dann geht mir die Puste aus. Die drei Herren applaudieren, selbst der knurrige Herr Hartmann. Enrique drückt mich an sich und Carmen nickt begeistert.

»Kompliment, Sina«, sagt sie und dann: »Meine Herren, darf ich Sie in mein Büro bitten, um die vertraglichen Details zu regeln.« Woraufhin ihr die drei Anzugträger stillschweigend folgen.

»Einmal und übermorgen wieder!«, seufze ich und lasse mich

in den nächstbesten Sessel plumpsen. »Wie hält Vesna das nur aus?!«

Keine vier Wochen später liege ich dicht an Yannis gekuschelt in der Hollywood-Schaukel und träume. Nein, nicht von Mannequin-Shows in Paris als Muse von Karl Lagerfeld, sondern davon, was ich mit all dem Geld mache, das ich durch diese Citymarketingkampagne verdient habe.

Neue Kleider? iPad? Quatsch, eine Reise nach Spanien!

Längst prangt mein Bild mit der Einkaufstasche, dem Handy am Ohr und der Beanie auf dem Kopf auf etlichen städtischen Bussen und als Leuchtreklame am Bahnhof, die Kampagne ist ein voller Erfolg und in aller Munde. Die meisten finden meine 18-Eintel-Plakate toll, unsere Nachbarn gratulieren und in der Schule bin ich natürlich gleich hinter Vesna das Thema Nr. 1 – sehr zum Leidwesen von Julia, die natürlich selbst gerne so groß rausgekommen wäre. Auch Kleo hat mir nicht verziehen, dass ich (trotz meiner sportlichen Figur!) Erfolg habe und sie (trotz Jeansgröße 0!) nicht. Jolina, die als Miss Christmasworld groß, aber dann doch nicht so groß herausgekommen ist, neidet mir den Erfolg kein bisschen. Sie ist ein feiner Kerl und freut sich ebenso wie Yannis und Milli mit mir. Modeln macht Spaß, denke ich und recke genüsslich mein Gesicht in die Frühlingssonne und habe den Stress und die grauen Herren schon fast vergessen. Ja, Modeln macht Spaß. Aber noch mehr Spaß macht es, dass ich meinen Erfolg genießen kann, weil ich weiß, dass ich schön und richtig bin, wie ICH bin.

Ilona Einwohlt

Als Hörbuch bei Arena audio

Die Jungs und ich

Sina hat einen Freund und ist total verliebt. Nur manchmal gibt ihr Yannis Rätsel auf: Warum dürfen Jungs mehr als Mädchen? Was ist ein „Männerabend"? Wieso glauben viele immer noch, Frauen gehören an den Herd und Mädchen können kein Mathe? Bevor Sina vor Empörung platzt, beschließt sie, Jungs-Forscherin zu werden. Kann ja wohl nicht sein, dass die immer alles besser wissen!

Arena

208 Seiten. Klappenbroschur.
ISBN 978-3-401-06465-9
www.sinasblog.de

Ilona Einwohlt

Als Hörbuch bei Arena audio

Mein Pickel und ich

Als Sina eines Tages ihren ersten Pickel entdeckt, ahnt sie das Schlimmste: P wie Pubertät ist angesagt! Und es kommt bald noch übler. Nach den Pickeln tauchen die ersten Busenknubbel auf und die Periode kündigt sich an! P wie Panik? Keine Spur!

208 Seiten. Klappenbroschur.
ISBN 978-3-401-06228-0
www.sinasblog.de

Ilona Einwohlt

Die Liebe und ich

Sina ist verliebt – bis über beide Ohren! Die Hormone tanzen und alles ist rosarot. Und doch gibts schon wieder was zu grübeln: Ist er der Richtige fürs erste Mal? Was muss ich dazu wissen? Und: Wie geht das überhaupt? Sinas kribbelige Liebesgeschichte mit vielen persönlichen Sina-Tipps und Infos zu Liebe, Sex, Verhütung und Co.

Arena

232 Seiten. Klappenbroschur.
ISBN 978-3-401-06230-3
www.sinasblog.de

Ilona Einwohlt

Die Schule und ich

Schule nervt!, findet Sina. Franzvokabeln, öde Schullektüre, Referate halten. Wo bleibt da der Spaß am Lernen?! Als sich dann noch ein Lehrer abgrundtief unfair verhält und in der Schulmensa nur noch probiotisches Essen angeboten wird, hat Sina die Nase voll. Sie ergreift die Initiative und kämpft mutig für Gerechtigkeit und Pommes. Denn eins ist ja wohl klar: „Das Beste an der Schule, das sind wir!"

Arena

256 Seiten. Klappenbroschur.
ISBN 978-3-401-06377-5
www.sinasblog.de

Ilona Einwohlt

Meine Clique und ich

Sina möchte unbedingt dazugehören zu der Clique der Edlen. Aber muss sie auch Designer-Klamotten tragen? Vorglühen, bevor es auf eine Party geht? Und was für bunte Pillen soll sie da nehmen? Sinas Begeisterung für die Clique schlägt in beklemmende Ratlosigkeit um. Aber auch bei ihren alten Freundinnen Milli, Julia und Kleo findet sie kein offenes Ohr – die haben ihre ganz eigenen Probleme …

256 Seiten. Klappenbroschur.
ISBN 978-3-401-06443-7
www.sinasblog.de